黄土瀛诗文集

熊　韬　主编

人民日报出版社

北京

图书在版编目（CIP）数据

黄士瀛诗文集 / 熊韬主编 . -- 北京 : 人民日报出
版社 , 2024. 8. -- ISBN 978-7-5115-8404-5

Ⅰ . I215.22

中国国家版本馆 CIP 数据核字第 2024YQ0797 号

书　　名：黄士瀛诗文集
　　　　　HUANGSHIYING SHIWENJI
主　　编：熊　韬

出 版 人：刘华新
责任编辑：陈　佳
装帧设计：元泰书装

出版发行：人民日报出版社
社　　址：北京金台西路 2 号
邮政编码：100733
发行热线：（010）65369509 65369512 65363531 65363528
邮购热线：（010）65369530 65363527
编辑热线：（010）65363486
网　　址：www.peopledailypress.com
经　　销：新华书店
印　　刷：天津鑫恒彩印刷有限公司
法律顾问：北京科宇律师事务所 010-83622312

开　　本：880mm×1230mm　　1/32
字　　数：172 千字
印　　张：9
版　　次：2024 年 8 月第 1 版
印　　次：2024 年 8 月第 1 次印刷

书　　号：ISBN 978-7-5115-8404-5
定　　价：49.80 元

民國丁丑仲秋

儕鶴軒詩集

永佣敬書

問滇草九十四首

甲午四月出守滇南與雲五小坡別於長新店感賦却寄

去歲值孟夏兩弟從南來入門猝不識驚顧生疑猜審視一長嘆挺予良

快哉寒喧倏代謝丰載相追陪今歲春官早二月棠棣開秦風拂仙袂火

我下蓬萊蓬萊寨與滇池相隔萬餘里驅馬向長途去去從此始吾弟送我

行達渡桑乾水晚起山月高難莘促行李此別何時逢此情何能已收淚

出里門僕僕行程起回首顧雁行已在白雲裏

獨宿鋪道中即景四首

森森官柳夾長堤流水瀠環漲碧溪踏過紅橋迻又轉吟鞭小拂玉驄嘶

新苗彌望綠成行打鼓哇頭榊早秋隔岸兀行飛白鷺晴煙漠漠似江鄉

前　言

清代号称诗词"中兴"时期。近 300 年间，产生的诗词作品浩如烟海，超唐迈宋。同时也走马灯似的涌现了许多骚坛明星，有的光芒四射，震古烁今，但大多数却像流星一样，一闪而过。而松滋诗人黄士瀛就是曾经划过夜空的一颗流星，因其作品的散佚而一度被人遗忘。所幸其精爽不灭，遗著在尘封近百年之后，又得以重光。兹经中共松滋市委宣传部（市文联）整理刊印，供后人鉴赏、研究。本书校注的就是晚清诗人黄士瀛的《侪鹤轩诗集》，为了让读者更加清晰明了，我们将之更名为《黄士瀛诗文集》。

一、黄士瀛的家世与履历

黄士瀛（1795—1876），字仙峤，号侪鹤轩主人，湖广松滋磨盘洲（今松滋市南海镇三垸村）人。

祖上世居江西南昌府。明末，黄廷华为避战乱，带领家人迁居湖北松滋，是为该支黄氏迁松始祖。黄士瀛之曾祖黄明耀，字方东，由岁贡授竹山县训导，未到任而亡。生子三人，长子黄正培，字兰陔，即黄士瀛之祖父。黄正培因父亲早逝，诸弟尚幼，过早担负起家庭重任，教弟课子，循循有法。治家以端庄节俭为先，以忠孝节烈为训，常将古圣贤之言行，抄写成章，贴满墙壁，使子弟们能耳濡目染。正培的胞弟黄河清，即黄士瀛叔祖，自幼好武，每次应试，正培必定与之同行，方便照应。黄河清若与人不和，正培必在一旁作揖稽首，以平息事端。黄河清不负兄长之望，于清嘉庆己未年（1799）高中武进士，授御前侍卫，但因生性散漫，不喜约束，早早就解甲归田，兄弟友爱，到老不变。黄士瀛的父亲讳大镕，是黄正培的长子，补邑弟子员，于松滋磨盘洲毛家庙内教授私塾，颇有声名，教学所得束脩与酬金，除奉养双亲之外，都与弟弟们均分，绝不私藏。如遇到饥荒岁月，米价暴涨，大镕必将自家余粮减价出售，如果自家粮食售完，又转向他处高价买进，再亏本售出，以周济乡邻。

黄士瀛于清乾隆六十年（1795）出生，幼有至性。受家风影响，谨信端庄，慎思寡言。6岁就从其父大镕公读书，终日不休。清嘉庆十八年（1813），时年18岁的黄士瀛被鲍觉生夫子录取，进入县学。稍长，乾隆庚戌恩科进士、天门人蒋祥墀（字盈阶，号丹林）主讲荆南书院时，黄士瀛入荆南书院就读，每次考试皆为第一，深得蒋先生钟爱。清道光元年（1821），新帝登基，朝廷开恩科，26岁的黄士瀛赴武昌参加乡试，高中举人。次年进京，参加礼部会试，不料落第。黄士瀛便留在京城，寄居姻亲之家，伏案苦读，融贯经史。黄士瀛不用仆人，粗衣敝履，平静宴然。当时有位同年举子金某，病倒在租房。黄士瀛每天都躬试医药，悉心照顾，虽日长月久，从无厌倦之态。金某最终未能病愈，客死京城，且无钱殓葬。黄士瀛毫不吝啬，又出钱亲自经办其丧事，当时士子闻之，咸服其德！

黄士瀛在京城苦学了一年，于清道光三年（1823），高中癸未科进士，初选翰林院庶吉士，散馆，授编修，又进国史馆任纂修，负责撰写公文，奏办院事，教习庶吉士。清道光十二年（1832），分校顺天府乡试。清道光十四年（1834），京察考核为一等，出任云南昭通知府。昭通府属乌蒙山区，跬步皆山，且山高而气候寒冷，不适合种植稻谷，只产杂粮，当地百姓衣不遮体，食不果腹。黄士瀛到任后，通过视察，在山上找到一种柘树，发现可以养蚕。于是，鼓励民众广泛栽植，并以栽植柘树多少以明赏罚，并在府治恩安（今昭通市）设立蚕局，负责昭通府蚕业发展指导、规划、实施与收售等，并亲作《劝蚕诗》以鼓励教化民众。蚕养成功了，又指导民众缫丝、染色，再到织布，从此昭通百姓不再为缺衣所苦。

昭通百姓重男轻女思想严重，有溺女婴的陋俗。黄士瀛知道后，一方面施之以威，严令禁止；一方面晓之以理，耐心劝导民众移风易俗。次年，他因政绩突出，调往云南首府任知府。每当府中遇有大的案情时，便有人向他行贿，黄士瀛都以厉言拒之，但有冤狱，一一平反。

清道光十八年（1838），黄士瀛又升任迤南兵备道，负责辖区军务，管理地方兵马、战备物资及屯田，维持地方治安。迤南道辖临安、普洱、元江、镇沅四府，即今玉溪、红河、思茅一带。他到任不久，辖区内宁洱县范县令，为增收地亩税，分摊过重，乡民聚集于市，准备哗变。总兵与守备闻讯后，惊慌失措。黄士瀛异常沉稳，迅速招来聚众闹事的牵头者，弄清缘由，晓以利害，当即饬令该县裁去不合理的税费，民众欢欣而散。他在迤南兵备道任上力行改革，辖区内盐井早有陋规，每年给管理盐务的官员私贿六万余金，这些金钱无一不是从煮盐的灶户身上压榨而来。灶户们不堪其累，每有新官到任，就会联名上告，但每次都不了了之。黄士瀛闻报后，亲自走访调查，通过仔细审理，将盐政官员们所有的灰色收入痛加裁革，这项改革让朝廷大为受益，从此收归国库的盐课较之过去，不降反升。灶户们更是最大的受惠群体，家家供奉黄士瀛的长生牌位，每逢年节及黄士瀛生日都会祭祀。

迤南所辖普阳城城西有座天碧山，山中有溶洞，汇集诸山暗流，从洞口奔出，常年流淌，却没有得到储蓄利用。一日，黄士瀛在公务时查见，通过认真勘察，便下令修筑石坝，挖塘蓄水，开沟渠，建涵闸，自流灌溉民田达40余里，使沿途民众大得其便。

清道光二十四年（1844），黄士瀛因母亲程恭人逝世，按例丁内艰辞官返乡。服孝期满，于清道光二十七年（1847），改任四川盐茶道。不久，又调任永宁道。永宁道下辖25县，即今四川宜宾、内江、泸州、遂宁一带，治所在泸县。黄士瀛到任后，凡有民间诉讼，他都亲自接待、亲自审问，且秉公处理。他在任内修桥筑路，善政颇多。今泸县境内321国道泸隆路九曲河上有一座永嘉桥，就是黄士瀛在道台任上所修。其石雕非常精美，正面阴刻行楷"永嘉桥"三个大字，每字宽0.65米、高0.77米，落款为"四川□分□宁黄士瀛题"，至今保存尚好。

清咸丰二年（1852），黄士瀛又因父亲去世，丁外艰辞官回乡，从此归田，不再从政。黄士瀛归乡后，作为县内有名望的士绅，经常主动承担一些于家乡安定和发展有利的工作。

清咸丰四年（1854），太平天国一支队伍由宜昌攻入松滋，黄士瀛会集乡绅，谋划团练之策，训练民兵将太平军赶出松滋境内，维护一方安宁。1856年，县人彭升科、彭升焕兄弟在普安寺、八角祠（今万家乡天井冈一带）聚众4000余人，组成"穷团"，后改称"忠义团"，以"扶贫抑富"为宗旨，揭竿而起。设总局于八角塘，设分局于苦竹寺、三圣庙、牙前寺、燕子山、裴家河、刘家坪等地，并与湖南豪强陈正卯结盟，与当地官府和士绅对抗。某日，彭氏兄弟率众寻仇，焚劫沈贡生的宅院，并沿途烧杀。县令闻报，但一时难以调集数千团勇来围剿。黄士瀛见"穷团"烧杀性起，担心酿成民变，在得知官兵一时难以赶到的情况下，不惧个人安危，及时出面与"穷团"首领交涉，好言劝慰，以延缓事态演变的速度。等荆州、澧州官兵集结赶到，黄士瀛在确定已无法调停的情况下，断然支持荆、澧两州官府，并率领地方团勇协助官兵，围歼"穷团"，平息事端，使南乡重获安宁。

黄士瀛供职翰林院期间，因科举关系，结识会试生员曾国藩。曾国藩佩服黄士瀛诗艺，又敬重其人品，一直尊黄士瀛为前辈。其后，两家又联姻，黄士瀛将孙女嫁给曾国藩的侄子，关系则更近一层。清咸丰十年（1860），曾国藩任两江总督、钦差大臣，督办江南军务，奉命执掌苏、皖、赣、浙四省兵权。曾国藩耳闻黄士瀛在家乡办团练，保境安民，非常成功。几次致信，邀他前往总督府会晤，共济时艰。黄士瀛不慕权荣，都以年老为由不赴。

他在京城为官十余年，恪守规矩，好读书讲学，不喜干谒。黄士瀛生性孝友，每遇父母忌日必泣奠坟前，到老如初。因家大口阔，他的俸禄凡有结余，则用于增置田产，所置田产都与两位弟弟均分，而且主动将膏腴之田让给弟弟，自己留取瘠薄之地。他有个妹妹嫁入同乡张家，妹夫死得早，妹妹苦守贞节，黄士瀛出钱给妹妹买田建宅以安其心。待妹妹去世后，他又出资抚养外甥成人。他的外祖父无嗣，黄士瀛竭力为之过继子嗣，并筹备婚娶之资。每逢饥荒之年，他则效仿其父，将粮食高价收进，低价售出，与乡民共渡难关。如果遇到大雪严寒之夜，黄士瀛则携钱带上仆役上路巡察，将钱散发给路边的冻馁者，使很多穷苦无依之人渡过劫难，保住了性命。他还发动仆役在近水的村庄拾捡死于江河、郊野者的白骨，集中掩埋，埋冢之数竟有数百座。黄士瀛还在乡里施义地以济贫困，设义渡以方便民众出行，为乡民筹办了许多民生实事。

松滋向无宾兴（围绕科举的社会公益组织）之制，每逢乡试、会试之期，那些贫寒之家的士子由于没有钱财，很少有去省城、京城应试的。清道光十二年（1832），黄士瀛首捐俸禄1000缗，并呼吁县内士绅共同捐助，他的想法得到同邑官绅刘用宾、谢元淮的响应，他们也各捐钱1000缗。一时，城乡急公好义者纷纷量力解囊，汇集了一定资金后，分别在韩家冲置买民田21石8斗、木天河置买民田13石5斗，作为宾兴公田，其所得用以松滋士子宾兴之资。

这些钱财主要用于两方面：一是在本县士子们参加乡试、会试之前，宴请他们，为他们打气、壮行；二是补贴士子们的旅途食宿费及考卷费等。宾兴之制对家境殷实的士子有精神上的鼓励作用，对家境贫寒的士子不仅有精神支持，更是提供了雪中送炭似的经济支持。其后，在清咸丰六年（1856），县南的"穷团"覆灭后，清理出逆产数百亩。黄士瀛提请荆州知府唐际盛，恳求将这些逆产划入宾兴公田之中。经荆州府衙同意后，黄士瀛又制订出详细的实施方案：凡参加乡试的士子领钱10余缗，参加会试的士子领钱50缗，拔贡、优贡入京朝考领钱30缗。至此，松滋宾兴制度健全，科举从文之风转盛。

黄士瀛居住之地在磨盘洲。磨盘洲水陆通达，为楚郧城旧址，历经千年繁盛依旧。但由于该地滨长江，溪水环绕，地势较低，加之晚清时期国库空虚，长江官堤松滋段年久失修，常常遇洪水而溃口。清咸丰十年（1860），江堤溃口，黄士瀛所居磨盘洲被淹，田园尽毁；清同治九年（1870），江堤黄家铺溃口，这次更为厉害，房倒屋塌，黄士瀛带领家人迁移至杨家冲投靠姻亲，暂避水灾。

清同治十二年（1873），黄士瀛距年少入县学恰满60年，重游泮水。次年，黄士瀛偕秦恭人赴湖南，到次子文桐为官之地龙阳县（今汉寿县）就养。在此期间，又到湖南湘乡曾家去看望孙女。时逢曾氏祠堂落成，黄士瀛与当时名流郭嵩焘、李元度、王安定等人受曾国藩之邀，款宴于祠堂，并会集同人年高者为"九老会"，黄士瀛年龄排第二。清光绪元年（1875），黄士瀛不顾80岁高龄，在本乡墨池书院担任主讲，教习生员，评删艺文，孜孜不倦，并在松滋士子中倡导"立身行己"，深受士子敬重。次年卒于家中，享寿81岁。生子四人：长子文樑，随州学正；次子文桐，龙阳知县；三子文棌，增生；四子文樧，庠生。

黄士瀛一生深受儒家思想影响，以修齐治平为己任，始终践行着儒家所倡导的伦理观念。他年轻时积极入世，忠君爱民，上为朝廷分忧，下为百姓解困，严于律己，宽以待人，兢兢业业，政声颇著，深受百姓爱戴。晚年时，他急流勇退，主动致仕还乡，但他仍然心忧家国，勤于奉献，始终将"仁"作为自己安身立命之本。在其长达81年的人生历程中，他不断探索，笃定前行，无论是居庙堂之高还是处江湖之远，无论是仕途顺畅还是经历坎坷，他都能以积极向上的乐观态度，超越平庸，塑造良好的自我形象。

二、黄士瀛的文学思想与诗文创作

黄士瀛的文学成就主要在诗歌方面。晚清诗坛，流派纷呈。有宗汉魏六朝和盛唐的湖湘派，代表人物为王闿运、邓辅纶等；有宗北宋、南宋的宋诗派，后来演变为同光体，代表人物为郑珍、何绍基、陈三立等；有兼采唐宋，词采富艳的晚唐派，代表人物为张之洞、樊增祥等；有宗李商隐的西昆派，代表人物为李希圣、曾广钧等；还有诗界革命派，代表人物有龚自珍、魏源、黄遵宪等。黄士瀛的诗歌题材丰富，风格兼备，很难界定其流派。其感时书事，引古喻今，汪洋恣肆，雅俊似谢灵运，闲淡似白居易，沉郁之处又似杜甫。其在《题王牧庄诗序》中云："夫诗，莫盛于唐，唐之诗莫盛于少陵。少陵抱忧国之怀，筹时之略，而又洊逢乱离，故其见诸诗者，多悲凉激壮之语，足令千载下英雄堕泪，烈士抚膺。此甫之所以卓绝古今而继美风骚也。"这其实也代表黄士瀛的诗词观。因为他生活的年代主要在嘉庆、道光、咸丰、同治四朝，这正是朝政日趋腐败、国势江河日下之际。此时的清王朝与杜少陵所处的乱世差不多，其百姓遭遇也相似，所以黄士瀛晚年之诗悲凉沉郁，有杜少陵的影子。

黄士瀛少壮时，诗歌清淡古雅，取法于汉魏六朝，虽以古为则，又蕴含着新变之机。如他的《夏晓登陶然亭望西山》云："亭宇傍城角，危楼俯碧林。夏雨时物变，新绿霭庭阴。文墨幸多暇，相携此登临。旭日霁皇州，岩峣见远岑。云峰多秀色，合沓众壑深。爽气从西来，微飔动衣襟。太行接近瞩，碣石兴遥吟。尘壒既已绝，烦暑不得侵。对此花间酌，耽赏惬同心。"

这首诗遣词造句、意境格调都极似谢灵运的《石壁精舍还湖中作》，文辞新奇，结构绵密，则山先生评之"雅俊"，颇为贴切。

在诗律严备的清代，他却擅长古体，似有意打破格律，以表现其凝练与清奇的品格。而在创作精神上似追楚辞，多遣悲怀。这大体和湖湘派的风格是相近的。黄士瀛的家乡——松滋，正处于湖北、湖南交界之地，是标准的湖湘地区，而黄士瀛又与湖湘派的中坚人物如湘乡曾国藩、湘阴郭嵩焘、监利王柏心、武陵杨彝珍等相友善。"同声相应，同气相求。"因此将黄士瀛的诗歌归入晚清湖湘派，大抵是符合实际情况的。

黄士瀛的诗歌大幅反映了人民的现实生活，向读者展示了晚清时期的一些真实画面。他关心民间疾苦，质疑朝廷用人制度，具有深刻的思想内容。他的《里居感述六首》云："水患频仍后，民生审徙余。死亡拼骨肉，荒乱失田庐。岁俭储粮匮，时穷礼法疏。昔年繁盛地，空野一踟蹰。

保障关民命，虹堤起筑劳。百夫勤畚锸，万姓竭脂膏。墟里苍烟断，蛟龙白日号。禹祠传息壤，不禁水滔滔。

水国去桑梓，山乡谋稻粱。兄弟各歧路，鸟雀下空场。生计怜漂泊，穷途怅渺茫。嗷嗷鸿雁侣，哀韵起湖湘。

去住总堪哀，十扉九不开。朱门填瓦砾，白骨委蒿莱。鬼哭无新故，人稀绝往来。岂忘安集念，愧乏济时才。"

水灾肆虐后，百姓流离失所，朝廷无力赈灾，以致白骨阻道，饿殍遍野，黄士瀛不禁问道："（朝廷）怎么没有安民之念？偌大的清王朝竟然没有一个能救时济世的人才，难道不感到惭愧吗？"他在《秋日感事二首》中又写道："至今淮阳间，白骨委川陆。州郡坐沦陷，强半未收复。扶危仗英奇，我辈终碌碌。安得上将才，用兵如颇牧？"

可见，他对那些平日只知吸吮民脂民膏，一旦灾难来临却无力应付的官吏恨之入骨！对朝廷僵化的用人制度也发出了振色之问。其忠鲠与胆识，令人肃然起敬。

黄士瀛无比热爱他的家乡——松滋。从他的诗集中就可以看出，他遍游松滋各地，写下大量的咏物言志、感事抒怀的诗篇。他常在春秋两季、气候适宜之时，邀上同县广西桂平、梧、郁盐法道致仕的谢元淮，署理嘉定知府致仕的刘用宾，一起芒鞋杖履，游览家乡山水。他们一起为"松滋古八景"写诗，并在前人确立的古八景的基础上又增设了两处新景"墨池春烟"（街河市镇文公山朱熹讲学处）、"犀山晴雪"（纸厂河镇程子山程颢讲学处），组成"松滋十景"（见清同治本《松滋县志》），为松滋地区许多自然风光注入了人文内涵。他的《春晓由康家渡过江抵浣市》见证了松滋河湖的变迁；《乙丑春日登郧城循览一周》记录了现已沉入湖底的昔日楚城的规模与形制；《盘溪观龙舟竞渡》介绍了松滋这个巴楚文化交融之地的民俗遗风；《夏初自郡城归，舟经毛家尖溃口作》记录了1863年谷雨前后，发生在松滋的一场水灾;《江南谣（同治六年事）》记录了1867年江南大旱的史实;《庚午七月初五避水杨家冲，小住数日，复返故宅作》记录了1870年黄家铺（今大口）溃口，形成松滋河的史实。其精准的笔触，将灾情写得翔实具体，历历在目，使这些诗歌既具文学价值，又具史料价值。诗人用大量的笔触表达了他恋乡、怜乡、哀乡、赞乡的赤子情怀;其斥责官府苛索、同情人民苦难的诗句，又彰显出正义感与人民性，值得肯定。

其最具现实意义的诗歌当数履职昭通知府所作的两篇组诗，一为《劝蚕八章有序》，一为《戒溺女歌十章并序》。《劝蚕八章有序》将养蚕过程中浴种、采桑等八个步骤分别用一首诗叙述，如《浴种》云:"食以饱人腹，衣以被人体。舍是食与衣，更无谋生理。东亩勤男丁，西室课妇子。屈指届清明，风日正和美。晨起视匣中，蚕卵铺满纸。将纸束戋戋，置入怀抱里。奄忽三日间，蠕动如群蚁。扫之以羽翎，承之以筐籭。及时求原桑，蚕事从此始。"黄士瀛为了解决治下百姓的温饱，可谓用心良苦! 王柏心读罢该诗后，大发感慨:"惠民之政自当俎豆，名宦中无论诗之工不工，皆必传也! 况诗又温婉细切，历历如画者乎!"

他在解决百姓温饱之后，紧接着开始矫世励俗，最突出的功绩就是制止溺女婴。其《戒溺女歌十章并序》第一章云:"听我歌，歌声苦，人生哪个无父母? 人无母兮将何恃，人无父兮将何怙？父母养汝无穷恩，为何溺女就是汝？她转人生非容易，指望爷娘将她抚。谁知呱呱才落地，顷刻一命归黄土。人说虎毒不吃儿，漫道人心不如虎！"

面对昭通人这种残忍、野蛮的习俗，黄士瀛一方面宣传教导，晓之以理；另一方面又下达政令，明确惩戒。通过两手抓，将文明的种子播到山乡。而这十章易懂、易记、易背的歌谣，就是他最有力的宣传工具，以至于昭通百姓妇孺皆知，人人能诵。

其为文章不规步于桐城派。所谓"桐城派"，乃安徽桐城人戴名世、方苞、刘大櫆、姚鼐所立，这四人被尊称为桐城派"四祖"。他们继承归有光的衣钵，提倡"义法"主张："义"即"言有物"，"法"即"言有序"。言有物，说文章要有内容；言有序，说文章要有条理及形式技巧。历城周永年曾言："天下之文章，其在桐城乎？"由是学者多归向桐城，号桐城派。有清一代，恪守桐城家法之作者，蔚为大观。与黄士瀛交厚的湘乡曾国藩、武陵杨彝珍、湘阴郭嵩焘等为文，皆奉桐城为圭臬。综观黄士瀛的散文，都非常率性，没有太多讲究，言简义丰，只突出一个"真"字。可能是出于文化普及的需要，让身边粗识文墨的人也明白其意吧，这也是黄士瀛诗文的艺术特色。

黄士瀛存世有六篇律赋，无不音律和谐，对仗工整，词采丰赡，气势宏达，不愧为科举达人、翰林手笔。但他作为封建专制时期的士大夫文人，其思想自有一定的历史局限。他同情底层人民的疾苦，却反对农民起义；他憎恶贪官庸吏，却对最高统治者顶礼膜拜，但我们不能以现代人的思想和观点来苛求古人，这是毋庸置疑的。

三、黄士瀛诗文集的流传与整理

黄士瀛晚年自丁外艰归乡到去世，居家23年，静心养性，闭门读书。除监修《松滋县志》（清同治本）外，常与同归乡梓的官绅谢元淮、刘用宾偕游城乡，写诗撰文，余有精力则用来整理旧作。其子在《黄仙峤公行述》中写道："喜为诗抒写性情，至老声律愈细。著《侪鹤轩文稿》若干篇，诗集两卷待梓。"

而早在清道光二十九年（1849）之前，黄士瀛尚在四川永宁任道台之时，就自编有《侪鹤轩诗集》，请有姻亲关系的时任兵部左侍郎曾国藩为之写序。继而，又请主讲荆南书院的监利大儒王柏心写序。据其孙黄永偁在《先祖仙峤公〈侪鹤轩诗集〉序》中介绍，曾国藩与王柏心还在其诗集中批有评语，给予高度评价。可惜在黄士瀛有生之年，《侪鹤轩诗集》未能付梓。清同治十年（1871），安徽望江人倪文蔚到荆州任知府后，议修《荆州府志》，聘请黄士瀛长子文樑为纂修。清光绪元年（1875），黄士瀛去世后，长子文樑拟刊印其父遗著，便将抄本携到荆州，呈给知府倪文蔚，请之作序。不料，没过多久倪文蔚因在荆州政绩卓著升迁到了河南，《侪鹤轩诗集》抄本也一同带走。过了很长时间未见归还，文樑就给倪文蔚写信索要，可能因为倪文蔚后来官运亨通，升任广东按察使、广西布政使、广西巡抚、广东巡抚、河南巡抚等职，调动频率较大，讨索书信石沉大海。后来文樑又去世了，《侪鹤轩诗集》出版事宜也就搁置了。

又过了十余年，其孙黄永俶、黄子威追念先人遗泽，乃发愿重新整理祖父诗文。所幸，民国七年（1918），黄士瀛侄孙黄永俶在其表弟覃仰梧家中，见到《侪鹤轩诗集》抄写残本。据覃仰梧介绍，该残本是他的叔父覃叔亮的遗物，残本上面确有曾国藩与王柏心的评语。黄永俶如获至宝，并携至京城，打算加以搜集整理后出版。后因公务繁忙，无暇顾及，便将稿本寄回家中。不料，黄永俶的舅表兄李吉六见到此稿，借去赏阅，许久未还。黄子威便再三督促黄永俶的儿子季波前往亲戚家索要，直到民国二十三年（1934）李家才归还。

黄永俶、黄子威才终于见到了祖父黄士瀛的诗集。展开恭阅，见诗集分为《蓬山课余草》《问滇草》《观边草》《续游五华草》《约萍草》《锦城小寓草》《剑峰归云草》《湘中纪行草》，共录诗364首。据黄永俶在《先祖仙峤公〈侪鹤轩诗集〉序》中介绍，"全集散失过半"，由此可推断，黄士瀛亲自整理的诗词应该不下500首。黄永偁与黄子威又搜得祖父黄士瀛馆课五言律诗14首、赋6篇、歌记序4篇，一并抄录，于民国二十六年（1937）农历八月正式印刷。封面书名《侪鹤轩诗集》由木天河士绅熊辉蕲题写，扉页书名由黄永偁题写。该集子共收录黄士瀛诗378首，文章10篇，另有序4篇，传记（含行述）2篇。

笔者初次读到黄士瀛诗是在2007年，因为爱好传统诗词，当时向张祖德先生（1986版《松滋县志》主编）借了一本《松滋历代诗词选》（1986年中共松滋县委宣传部主编，朱厚宽选注），其中收录黄士瀛《过鸡公嘴》等诗36首，不仅有作者简介，且每首诗都有说明及注释。再三赏读，觉得其诗雅正赡缛，余味不尽，便欲寻得《侪鹤轩诗集》来一窥全豹。笔者到当地图书馆与档案馆查询，并无此书，曾亲往中国国家图书馆查询，同样无果。问及邑中耆旧，也都说未见。某日，张祖德先生过访，言其1984年编纂《松滋县志》查阅资料时，曾在一文友家中见过民国丁丑年版的《侪鹤轩诗集》，并承诺择日带笔者到文友家中去翻阅。不久，祖德先生离松赴粤，后来又染病不起，此事也就再未追问。2012年夏，祖德先生病情日重，笔者某日再去探访时，先生颤巍巍地拿出《侪鹤轩诗集》复印件交付笔者，说道："我不能带你去看原件了，就托人给你复印了一套。"笔者如获至宝，细细研读，并发愿等有闲暇时间就来整理一下择机再版。后来，祖德先生辞世，笔者也庶务缠身，故将其稿束之高阁。直到 2017 年夏，荆州市掀起了声势浩大的"文化三市"（中华诗词之市、中国楹联文化城市、中国书法之市）创建之潮，松滋亦不例外。在市委宣传部（市文联）领导的重视下，为抢救性发掘、保护、传承松滋诗词文化遗产，将点校黄士瀛《侪鹤轩诗集》提上议事日程，并交付松滋市诗词楹联学会完成。

2019 年，"文化三市"创建工作结束，笔者又甫任松滋市诗词楹联学会会长，便着手谋划出版《侪鹤轩诗集》一事。松滋市诗词楹联学会副会长邓焰如先生听说此事后喜不自胜，自告奋勇，愿为效力。嗣后，邓焰如先生便居家潜心整理点校，刊正错讹。又遍览与黄士瀛有关的文化书籍，先后搜得《侪鹤轩诗集》中未录之诗 13 首，补遗其后。因其不会电脑，全凭手抄笔录，焚膏继晷，数月之间，稿件鳞次，废管盈筐。笔者旋即落实打印、排版事宜，并厘定体例，查阅相关文献资料，梳理其生平与文学思想，为样稿订正错讹，审校再三。松滋市委宣传部（市文联）领导非常重视该项古籍整理工作，多次垂询编辑进展，听取汇报，排忧解难，积极支持出版事宜，使该书得以公开出版。

在本书点校过程中，承庹祖海、王权武等各级领导关注支持。黄代荣、佘祥奎、吴文甫等文化界同人提供相关辅助资料，特别是在本书出版印刷时，得到了人民日报出版社领导与相关同志的大力支持，在此一并致谢。邓焰如先生已年逾古稀，而笔者水平与精力也有限，整理松滋先贤黄士瀛的诗文，有感力所不逮，疏漏舛误在所难免，跂望读者、专家不吝指正。

熊　韬

2022 年伏月于松滋采薇楼

目　录

卷八
湘中纪行草

卷九

翰林馆课

附录

旧序

《俦鹤轩诗集》序

清·曾国藩

古之君子，所以自拔于人人者，岂有他哉，亦其器识有不可量度而已矣！试之以富贵贫贱，而漫焉不加喜戚；临之以大忧大辱，而不易其常，器之谓也；智足以析天下之微芒，明足以破一隅之固【陋】，识之谓也。器与识及之矣，而施诸事业有不逮，君子不深讥焉。器与识之不及，而求小成于事业，末矣；事业之不及，而求有当于语言文字，抑又末矣。故语言文字者，古之君子所偶一涉焉，而不齿诸有亡者也。昔者尝怪杜甫氏，以彼其志量，而劳一世以事诗篇，追章琢句，笃老而不休，何其不自重惜若此！及观昌黎韩氏称之，则曰流落人间者，太乙一毫芒；而苏氏亦曰，此老诗外，大有事在。吾乃知杜氏之文字，蕴于胸而未发者，殆十倍于世之所传，而器识之深远，其可敬慕，又十倍于文字也。今之君子，秋毫之荣华而以为喜，秋毫之摧挫而以为愠，举一而遗二，见寸而昧尺，器识之不讲，事业之不问，独沾沾焉。以从事于所谓诗者，兴旦而缀一字，抵暮而不安，毁齿而钩研声病，头童而不息。以咿嚘謇浅之语，而视为钟彝不朽之盛业，亦见其惑已！

松滋黄仙峤先生，质直而洞豁，泊然声利之外，观察于滇南，吏剔其奸，民宣其隐，于古人所谓器识、事业者，亦既近而有之。间以其余发为诗章，又能弃故揽新，约言丰义，而先生曾不以自鸣，退然若无以与于古者，人之度量相越，为宏为隘，为谦为盈，不可一二计也。国藩既受而卒读，因为择其尤善者，得若干首，俾录而存之。世有终其身，以治诗自名，而志趣或未广者，观先生此编，亦将内惭而有以自扩也夫！

道光二十九年二月，同馆姻晚生曾国藩谨序。

黄仙峤诗集序

清·王柏心

　　诗之本在志，言则其质也，声与律则其节也。四者合，而诗之体备；阙一焉，则庀矣。自咏歌始肇，衍而为国风雅颂，为汉魏六朝乐府古诗。高下不同，文质异宜，然皆兼是四者，未之或阙。唐代诸家，又号最盛，盖沨沨乎中和可经矣。自尔以还，变而主理，或主意趣，或主卷籍，虽日新富有，不蹈故常；然波澜盛，声律衰矣。夫诗发于志之所响，而言有不能径遂者，则必往复咏叹，几欲吐之，几欲茹之。又其音调疾徐亢坠，必自然合度，不入于啴缓噍杀。然后作之者，导宣埋郁，无所底滞，即讽之者，亦渊然莫尽，曲然有得，动荡乎血脉精气之间，而旁皇乎神明肌髓之内，故可贵也。而得此者，惟唐人最深。

柏心所见同时诗人，若松滋黄仙峤先生，则犹深于唐者。先生始入承明，以大雅宏达扬声石渠。俄而出守滇南，治行流闻。由是衣绣衣，称使者，所至声绩赫然，吏民爱而颂之。凡行役往来，山川名胜，间阎疾苦，悉见之诗。垂老悬车，萧然林薮。自咸丰壬癸以来，烽烟转徙，触绪感喟，辄寓意吟咏。其始也，皆高俊雄丽；其既也，多道郁婉切。积至若干卷，不出示人。退然自视为未工。柏心请而读之，叹曰："运才气，而约之以中和之音，得唐人意深矣。"先生曰："子以为可耶？盍序诸？"

乃推论曰：世之言者，谓贤哲当经世务，诗非所尚也。夫时与势交属，而事功起焉，此有待于外者也。忽而欣戚，忽而歌哭，其来无端，其去无迹，此无待于外者也。有待者，非吾所能强求。无待者，适吾之适，动静俯仰，足供求取。又其讽喻感发，与夫敷陈指切者，传之当世，贻之方来，皆有所裨益，安往非经世之意欤？即如唐代房、杜、李、郭，事功伟矣，而流离蹇踬之供奉、拾遗，其述忠爱、道得失，亦悬之千余载不能废，与用文武表见者何异？诗亦视其有当于志、言、声、律否耳。四者具备，以之复古义而感人心，功诚不在经世者下。

先生曰："夸矣，子之言，然此论无以夺也。"于是具书其语于首简。

（录自清王柏心《百柱堂全集》卷三十三）

先祖仙峤公《侪鹤轩诗集》序

民国·黄永俌

　　从来君子不朽之业有三：立功、立德、立言。然往往当时则荣，没则已焉，大都历诸久远而失其传耳！我祖仙峤公，由词林供职京曹，旋膺简命，观察滇蜀，既而旷怀高蹈，归隐林泉二十余年。凡生平所游历者，均著有诗章，自题曰《侪鹤轩诗集》。次第成帙，经王子寿、曾涤生两先生作序，并加批评，举所谓功德事业，一一发为文章，则其诗传，其人亦与之俱传。屡拟付梓，奈世变沧桑，未果。先君伯与公惧诗久而失其传也。时荆州太守倪豹岑先生重修府志，聘为纂修，因请求作序。比将诗抄呈进，未几（倪）升任广西巡抚。诗集亦带去，许久未见璧还，乃寄书索取，竟杳如黄鹤。迨先君逝世，事遂搁置。然而继志述事，责有攸归。十余年以来，子威弟与俪，眷念先人手泽，寝馈难安。幸子叔弟前在表弟覃仰梧处见有残余抄本，携回随带至京师，后将稿本寄归。被李吉六亲家借去。子威弟嘱季波侄索还，甲戌春方返赵。展卷恭读，分为《蓬山课余草》《问滇草》《观边草》《续游五华草》《约萍草》《锦城小寓草》《剑峰归云草》《湘中纪行草》，仅得诗三百六十四首。回忆先祖所著侨鹤轩诗原有内集、外集，早已编定。惜势殊时易，全集散失过半。兹就所已得者分为上下集两卷外，又馆课五言律诗十四首、赋六篇、歌记序四篇，一并照抄付印，公诸同好，以期相传不朽云。

孙永俪谨序。

先伯大父仙峤公诗集序

民国·黄永儆

先伯大父仙峤公，殁于光绪二年丙子。予小子生甫周龄，及束发授书，塾师每以伯大父文章学问相勖勉，窃心识之。比长，学为文，读《续古文辞类纂》，得见曾湘乡所著《黄仙峤前辈诗序》，极意推崇，称其以诗为政，始知伯大父著有《侪鹤轩诗集》。而遍搜家中藏书，迄无获，时用嗟惋。民国七年，因事过表弟覃仰梧家，见有残余抄本，云系得自先叔叔亮公处，仅存诗百余首。上有曾湘乡及监利王子寿先生评语，喜极，如获异宝。比将抄本携至京师，思欲再加搜集，排比付梓，以存百一，因频年潦倒职事，未果。今年十月，舅兄李君吉六以所作诗序邮示，谓子威弟将以残稿付手民，俾得流传于世。闻之既喜且愧！喜者，喜伯大父之遗著不致全归湮没，而乡人之缅想前贤文章学问者，于此略得梗概；愧者，愧予因人事碌碌，不克述先事以彰伯大父遗文，而有待于子威弟之继述也。然则，斯集刻成，吾子孙辈皆得朝夕讽诵，借以仰窥伯大父之政事文学，知必有奋起思继先业者。而吾江夏家风，亦可绵延于勿替云。

　　侄孙永傲谨志。

蓬山课余草

春可乐

春可乐，青丝白马游京洛。

困人天气花事多，粥鼓饧箫破寂寞。

朱门青锁平明开，十里烟光卷珠箔。

谁家蹴鞠戏金球，何处秋千动彩索？

时有好鸟枝头鸣，提壶如劝花间酌。

风丝丝，雨漠漠，酺歌一曲为君作。

莫学玉门关外人，肠断杨花三月落。

则山评：俊逸似温飞卿。

曾国藩评：跌宕明秀，近于青莲。

燕郊踏青

帝京佳日韶光早，紫鸟黄鹂觉春好。

倾城车马日喧阗，匆匆踏遍郊原草。

郊原草长初青葱，裙腰缭绕画桥东。

芳痕晴润鸠边雨，梦影斜飘燕外风。

风风雨雨春愁里，轻衫乍扑红尘起。

家家飞絮搅斜阳，处处落花恋流水。

大道长安多狭斜，春风啸侣人如花。

纵横玉勒来歌里，络绎金鞍入酒家。

歌舞流连到日暮，陌上相逢不相顾。

年年春里送行人，多情惟有路旁树。

则山评： 通体华瞻，一结别饶神味。

曾国藩评： 音节法初唐四杰。

夏晓登陶然亭望西山

亭宇傍城角，危楼俯碧林。

夏雨时物变，新绿霭庭阴。

文墨幸多暇，相携此登临。

旭日霁皇州，岧峣见远岑。

云峰多秀色，合沓众壑深。

爽气从西来，微飕动衣襟。

太行接近瞩，碣石兴遥吟。

尘壒既已绝，烦暑不得侵。

对此花间酌，耽赏惬同心。

则山评：雅俊似谢康乐。

曾国藩评：间架、色泽俱规小谢。

岁暮杂兴三首

岁景迫穷冬，朔风吹短草。

萧条众芳歇，园林同枯槁。

当其竞春妍，绿缛相媚好。

倏尔遭摧残，立节苦不早。

凛凛南山松，讵共群卉老？

则山评：高老。

斜日烘窗纱，砚水微动荡。

闲临帖数行，幽情自相贶。

饥乌噪庭树，嗷嗷如待养。

感此念重闱，久惭菽水旷。

白云何处飞，搔首独惆怅。

则山评：沉挚。

善音不在弦，善歌不在酒。

至理得其真，寸心更何有？

夜来群动息，空斋兀坐久。

灯影冷薄帷，雪光淡虚牖。

万感俱寂然，何自撄吾守？

则山评：超隽沉挚。

龚木民邀同家太史树斋兄小饮

凉天萧瑟风雨秋，北雁南去云悠悠。

登高空说最高处，望乡不见使人愁。

主人车马肯相过，千觞一吸愁城破。

吴弦繁迸楚歌起，酒酣耳热情无那。

沉沉花影月西斜，兰船莲烛相辉华。

愿君且住休还家。

良宵若此人不醉，寂寥孤负东篱花。

雪夜感怀

幽人夜不眠，素雪缤纷落。

高馆阒无声，清辉晃珠箔。

坐使空闺冷，还伤锦衾薄。

浩然发长叹，谁与共寂寞。

则山评：音节遒亮，接轸曹刘。

曾国藩评：幽秀。

春夕遣怀

悲来樽酒哪能除，回首茫茫廿载初。

雪尽梅花闲委地，泥空燕子不归庐。

尘凝棐几琴音歇，苔上荒阶履迹疏。

向夕不堪明月照，吹箫台上影踟蹰。

曾国藩评：三、四似晚唐人。

书 怀

昔日入门喜，今日入门悲。

房宇暗无光，白雪映素帷。

沉沉香篆袅，簌簌寒飙吹。

埘鸡咿喔鸣，孤烟起晨炊。

萧条感时节，此境当告谁。

兀坐寂无言，对案泪空垂。

则山评：悱恻缠绵，意在言外。

对　镜

岁月去何速，菱花掩轻尘。

空对昔日镜，不见昔日人。

彩鸾影不双，孤吟无青春。

肝胆岂殊照，耿耿向谁亲？

曾国藩评：末二句出劲。

奉酬徐巽山师同游小有余芳赐示原韵

芦芽浅渚径开三，点染园林画意谙。

贳酒连朝游日下，飞花满树忆江南。

远山排闼烟浮翠，低水横桥雨涨蓝。

小坐春风饶乐趣，芳茵柔藉草毶毶。

经旧宅有感

蓬门不正倚街斜，四载羁楼此旧家。

苔藓上墙春黯淡，槐枝低户影枒丫。

秋风断送空梁燕，落日悲啼晚径鸦。

犹有邻翁来洒扫，几回问讯独停车。

曾国藩评：末二句有远神。

旧 衣

旧衣虽不鲜，完体无残缺。

旧镜虽不莹，照心足怡悦。

如何理素琴，中道遭弦折？

积尘暗房栊，芳徽久沦灭。

城乌夜半啼，感此意凄切。

已矣杳前尘，往事安足说。

则山评：挚怀古思，神似香山。

曾国藩评：寄怀深稳。

敬和家大人《游白云观题壁》原韵

潭潭紫府访清修，杖履追随惬健游。

绕郭蝉鸣红树晚，倚楼人话白云秋。

疏花隔圃寒犹放，夕照衔山淡不收。

几辈逍遥慵补衲，丹台何处着闲愁。

则山评：澹永。

龙泉寺

灵泉古寺白云荒，应有神龙钵底藏。

一杵清钟开士院，千章嘉树赞公房。

蒲团静契如如旨，檐葡微参澹澹香。

半晌僧寮耽茗话，疏帘一桁下斜阳。

陶然亭 ①

名亭依水绿回环，芦苇丛中第几湾？

---

① 原注：此亭旧为汉川江藻鱼依所创建。

古堞一声悲画角，遥峰数点认烟鬟。

关山极北边尘迥，楼阁向西斜照殷。

叹息前贤存旧址，惟余荒碣涩苔斑。

窑　台

何年累土此荒台，百尺登临亦壮哉。

霜叶惊风随鸟下，秋声和雨入城来。

黄河溜转太行出，碧海烟沉碣石开。

极目沉寥天万里，林坰苍莽一徘徊。

则山评：沉雄跌宕，此题杰作。

和岳竺轩同年《寄怀》原韵

回雁峰高在碧天，白云千里寄瑶篇。

波平楚岸秋莼老，露下燕台晚菊妍。

世味黄粱惊幻梦，旅容青镜感流年。

遥知鄂渚沉吟客，醉上江楼一慨然。

则山评：剑阁集中道上之作。

和杜树南《寄内》诗

侧身人海叹茫茫，弹铗冯驩意慨慷。

孤馆寒灯千里梦，一天明月五更霜。

可怜岁暮长为客，同是天涯远望乡。

夜半风声动林末，谁家砧杵捣衣忙。

辛卯八月严慈自京旋楚，恭送至良乡二首

一鞭斜照促征轮，旅旆萧萧拂去津。

千里难穷相送目，八年犹是未归人。

离声呜咽桥头水，行色悠扬陌上尘。

遥忆庭帏诸弟妹，红灯绕膝话情亲。

曾国藩评：三、四自然。

荒郊铃铎语郎当，茅店闻鸡趁晓霜。

花外一帘村市近，柳边双骑道途长。

风高沙碛惊尘黯，露下津亭落叶黄。

泣别城头凝望久，白云天际自回翔。

冬日纪事，即呈素云楼夫子二首

数茎新长颊边髭①，燕市蹉跎感岁时。

厨下晚炊频索米，囊中长物只余诗。

镜台鸾去沉芳讯，剑匣龙吟起壮思。

堂上斑斑成白发，争教反哺愧乌私？

则山评：沉挚。

自然气运任鸿蒙，得失从看塞上翁。

廿载功名惊旅雁，半生心事付雕虫。

岂真鲁酒能消恨，纵有韩文不送穷。

一任春风绚桃李，芙蓉争敢怨秋风。

天王寺塔歌

孤城西北涌层塔，七级峥嵘金翠匝。

白日荒寒秋气阴，霜叶风吹黄飒飒。

此塔创始开皇年，骞騰枅栱相联翙。

蟠龙矢矫辉丹柱，舞凤回翔映彩桷。

---

① 原注：庚寅孟冬十月留髭。

铃声似语当年事，替庆郎当听不全。

君不见，四月八日天气好，喧阗车马长安道。

枞钟伐鼓碧云端，纷纷士女争祈祷。

只今萧瑟古道边，寺僧种花年复年。

等闲欲问兴废事，断碑残础卧苍烟。

则山评：音节遒壮。

题奎玉庭先生《宵吟琐院图》

鸾笺十样寄吟毫，使节重来宠命叨。

画册几年成故事，词林两世领仙曹①。

蚕声夜静攒青叶，鹊影秋深立白袍。

朗鉴依然人共仰，澄宵万里月轮高。

题札云岩画册

风帆几度别湘南，佳果经秋晓露酣。

纸后谁题三百颗，教人却忆故园柑。

则山评：风致逼似中晚。

---

① 原注：癸未科余改庶吉士协揆煦斋师教习，本年壬辰，先生复教习庶吉士。

闱中书怀，兼忆寓中诸友

闲阶雨过嫩凉生，斜日烘窗放晚晴。

枕上黄粱谁入梦，案头朱墨不知名。

煎茶偶续东坡句，扑枣时喧北舍声。

勃窣龙门深似海，故人音问隔重城。

壬辰秋闱分校，步前明佟衮白先生原韵

棘闱重锁暮云深，皓魄当空一鉴临。

定有多材光上国，聊随大匠入繁林。

花迷五色光难辨，叶落千山响易沉。

顷刻笔头争去取，拳拳长抱惜才心。

白菊花

移来古寺晓寒天，玉萼连柎色竞鲜。

寻到幽香无着处，篱边一抹淡于烟。

奉和素云楼夫子《菊花四首》原韵

金英楚楚得秋先，眉竹园西药坞前。

满径幽香人语候，一庭暝色雁来天。

小苞繁蕊荒烟外，瘦蝶寒螯夕照边。

今日龙山谁落帽，重阳风雨自年年。

何曾炎热偶因人，隐逸门庭着此身。

清节傲霜足千古，冷颜笑日无三春。

闲揽苔点萧疏意，晚结梅花寂寞邻。

陶令归来惟避世，幽姿潇洒不沾尘。

则山评：幽峭似柳子厚。

贞质卓为霜下杰，素心幽伴月前芳。

白云满径客踪少，疏雨一帘天气凉。

节并秋高无俗态，品如人淡有真香。

悠然远见南山色，采采东篱寄兴长。

浑身冰骨瘦能支，风露凌兢总不知。

雅称头衔偏耐冷，荣邀手植敢嫌迟。

一杯迟客新寒后，双屐寻诗薄暝时。

回首东风堤上柳，疏疏金缕已残丝。

阅武楼雨后晚步

霁色明远岫，湿云卷林罅。

万景一澄清，芳园雨初罢。

宿润余麦秋，烦歊涤梅夏。

徐步出山坳，招寻趁清暇。

峰转疑路穷，桥横拟虹跨。

莽荡平原开，苍翠矗楼榭。

楼下何萋迷，芳草共枕藉。

解带引熏风，披襟袭兰麝。

暝色从西来，谷口牛羊下。

欲归已忘言，悠然观物化。

则山评：王韦高格。

曾国藩评：侔色揣称，尤近二谢。

卷二

问滇草

甲午四月出守滇南，与云五、小坡别于长辛店，感赋即寄

去岁值孟夏，两弟从南来。

入门猝不识，惊顾生疑猜。

审视一长叹，握手良快哉。

寒暄倏代谢，半载相追陪。

今岁春信早，二月棠棣开。

东风拂仙袂，吹我下蓬莱。

蓬莱与滇池，相隔万余里。

驱马向长途，去去从此始。

吾弟送我行，远渡桑乾水。

晓起山月高，鸡声促行李。

此别何时逢，此情何能已？

收泪出里门，仆仆行程起。

回首顾雁行，已在白云里。

则山评：真挚似白香山。

曾国藩评：情至之作，亦自遒炼不漫。

独宿铺道中即景四首

森森官柳夹长堤，流水湾环涨碧溪。

踏过红桥途又转，吟鞭小拂玉骢嘶。

新苗弥望绿成行，打鼓畦头插早秧。

隔岸兀行飞白鹭，晴烟漠漠似江乡。

万顷禾田接豆田，日长薅破陇头烟。

慵来树底闲摊饭，高枕锄头放脚眠。

入市家家插柳枝，村头祈雨祷荒祠。

茶歌才了田歌起，已是江南打麦时。

曾国藩评：此首骨节似王既亭《茅山曲》。

过鸡公嘴

肩舆呕轧傍山蹊，野树汀烟望转迷。
百里识途从老马，一声破晓乱荒鸡。
松敧古径阴遮日，稻卧平畴湿带泥。
不到故乡今十载，萧疏风景夕阳西。

万家嘴阻风

时赴任滇南。

无端客感动征鸿，镇日芦洲撼朔风。
远树依微孤渚外，小舟掀簸乱涛中。
十年为客身如寄，三户无人野渐空。
此去家园才咫尺，骊驹一别惜匆匆。

舟泊桃源县

不识仙源路，停桡欲问津。
乱山疑蜀道，落日吊秦人。
沙浅消秋涨，林荒带古闉。

桃花何所徙，□倚楚江滨^①。

则山评：逼近唐音。

舟次辰州忆王彤甫太守

半帆风利过辰州，迤逦云峰夹岸幽。

路迥哪堪人北望，滩多不禁水东流。

山家白屋临空际，驿树元蝉噪晚秋。

为忆使君行部远，筱骖采处起清讴。

曾国藩评："驿树"句警秀。

思 乡

北雁来稀滞信音，乌蒙^②此去瘴云深。

万山秋色千山雨，不隔思乡一片心。

则山评：格高韵长。

曾国藩评：有逸韵。

晚过黄花塘

微雨初收日色沉，倦飞山鸟晚归林。

征人万里投何处，红叶黄花一径深。

则山评： 淡远。

题张雪楼太守《家乐图》，即以介寿

为官非独乐，乐必与民俱。

民既乐我乐，此境真欢娱。

渔阳太守才气殊，中岁已握铜鱼符。

二十余年历九郡，贵山富水恩涵濡。

公余神采何萧舒，写作团圞家乐图。

况复头角崭然立，绕膝翩翩双凤雏。

我来昼锦方悬弧，称觞黔首高欢呼。

君不见，流水道旁产嘉谷，一茎三穗岁穰熟。

家乐何如民同乐？嘉与渔民作良牧。

则山评： 起结命意自高，得古人规讽之意。

黄果树寺内观瀑

奔岩注壑泻飞泉，倒挂银河百丈悬。

白浪作花晴滚雪，青山失翠晚霏烟。

分明素练双痕曳，历落明珠万颗溅。

夜半闻声作雷吼，只疑洞底有龙眠。

则山评：结响特高。

崧岿塘旅舍题壁

轮蹄未了俗尘缘，踏破崎岖万岭烟。

争奈转蓬愁远客，却将叱驭愧前贤。

晚花倚壁开无恙，新稻垂塍盼有年。

为底闲云轻出岫，甘霖何以答苍天。

则山评：亦冲逸，亦蕴藉。

曾国藩评：一气旋转，七律之有格者。

大坡塘闻鸠

窄窄山坡曲曲程，小阳天气放新晴。

家园风景别离后，耳听鸣鸠第一声。

海子铺

乡曲犹存古代风，霜林历落映山红。
羊场散后归来晚，扶得藤枝半醉翁。

东川道上即景三首

吟鞭遥指乱山中，石径崎岖信蹇骢。
花事等闲开未了，猩猩一抹夕阳红。

瘦骨嶙峋叠嶂横，峰弯忽转径分明。
人家三五隔溪住，树里遥闻打麦声。

十里山溪夹绿杨，高低画罫垄成行。
一犁新雨催黄犊，四月深山未插秧。

清水沟闻鸠

夏至云物变，游子感离别。

何事复远行，炎风又六月。

策马向清溪，茅檐此暂歇。

绕屋松千株，浓翠森罗列。

步行务探讨，旷然心怡悦。

忽来一鸠鸣，凄凄复切切。

初听已苍凉，再听转呜咽。

声声入我心，一声肠一绝。

所嗟仆仆者，何时息征辙。

承欢愿久违，愧此微禄窃。

碧　山

碧山何无情，石峰郁磊块。

虬松蟠暮云，青丝终不改。

坡下有古坟，与之共千载。

曾国藩评：似坡公小诗。

石了口

一径入苍烟，蒙茸草树连。

松枝补茅屋，竹笕泻岩泉。

独木时横彴，尖峰尚垦田。

此间无暑暍，六月不闻蝉。

则山评：诗境幽宣，似韦柳二家。

有　客

有客游燕郊，手携落霞琴。

朝弹流水曲，暮为白头吟。

怀抱朝复暮，静好惬素襟。

如何弦遽折，中道叹消沉。

芳质委尘土，北邙自古今。

兹来蹑滇岭，回首楚云深。

高山咽流水，感此怀知音。

续弦手再弹，要难传我心。

奔马恋旧枥，鸣鸟思故林。

物意各有适，何堪忧虑侵？

低徊中自恻，涕泗谁能禁？

则山评：沉土不悲，多读。

曾国藩评：深情远馥。

李子沟得家书

马上逢来使，山前下夕阳。

投书劳远足，闻语识同乡。

野色和烟淡，归心与路长。

今宵应有梦，风雨过潇湘。

则山评：竟体浑成。

尽头坡月下独步

新月如盘岭上生，闲遵沙径绕溪行。

水流幽涧如人语，露滴繁枝有鹊惊。

寂历寺前门自掩，黄昏谷口火微明。

松阴踏破归来缓，树杪银河已半横。

佚名评：中四句可画。

中元夕宿沾益书触目

欲明不明月照秋，多少儿女哭街头。

安仁更有无声泪，万里伤情独倚楼。

再宿羊街旅楼

高楼耸翠夕阳西，对面青山与我齐。

两度相逢无恙在，笑人何事太栖栖。

答福谷泉太守

剥喙之声何剧哉，云是磨弥^①贤守来。

排闼直入一长笑，手出新诗工剪裁^②。

古气磅礴力排奡，濡毫挥洒纵横才。

兴酣落笔如有神，披读使我怀抱开。

忆从客腊晤君面，高轩枉过得相见。

昂昂绛鹤出风尘，闪烁晴光歘如电。

欢然携手如平生，弥日信宿转依恋。

---

① 原注：曲靖旧名。

② 原注：八月三日晨，有叩门声正急，旋见公昂然而入，投予以诗。

自与君别思君多，蒹葭秋水怅如何？

寂历虫声咽玉砌，萧疏花影筛金波。

昨夜文光射牛斗，随君龙门效趋走。

琢磨好句谋新篇，珍重多情款旧友。

我与君约君可否，客中佳节莫辜负。

街头新熟黄花酒。

待得揭晓内帘开，相与五华山前醉重九。

则山评：轩豁。近坡谷唱和一派。

闱中即事，用花松岑星使原韵

看到黄花造榜天，重帘洞启敞文筵。

一时珊网搜多士，同日霓裳集众仙。

锁院秋吟寻往迹^①，銮坡夜直忆前缘。

春明回首烟霄迥，小别蓬莱已二年。

---

① 原注：壬辰科分校顺天乡试，曾为奎玉庭侍郎题有《秋宵锁院图》。

闱中对月三首

几度呼僮抱瓮开，故人樽酒暂徘徊。

高高莫遣珠帘下，留待清光入座来。

重门深锁足清幽，影落银蟾淡欲流。

满地花阴凉似水，吟鞋踏破许多秋。

珠晖迤逦隔瑶京，移照滇池分外明。

万象从今归藻鉴，依然心迹印双清。

答友人

君问归期未有期，寒烟轻绉远山眉。

到家准践寻梅约，风雪桥边迟马蹄。

癞头坡（寻甸①）

曾忆来时雪里过，今朝攀陟复如何。

人家一带寒山中，只是荒田落雁多。

鹧鸡②（东川③）

鹧鸡山前水四围，鹧鸡山后明斜晖。

山家偏解乘船便，拾得薪柴满载归。

查河至老鹳屯即景，得六绝句

种菜人家附郭南，青青分垄径连三。

等闲拾得春如许，蚕豆和花共一担。

行过山坳路转斜，红红白白树周遮。

二分春色属谁管，一半桃花半李花。

① 寻甸，明为府，清改为州，属曲靖府。现为昆明下辖县。
② 地名，现为鹧鸡村，属云南省会泽县待补镇。
③ 唐中叶设东川郡，辖今天的会泽、东川等县，隶属四川。明设东川府，清归云南辖治；民国初废府设会泽县，后改为东川县。

遥看草色未全芳，时有春风逗远香。

长陌短阡浑不辨，坡前一例菜花黄。

前林欲雨嫩寒天，白抹山腰一带烟。

杨柳丝丝低拂处，隔墙人影动秋千。

三三两两踏青归，山径欹斜绕翠微。

昨日清明人祭扫，松风一路纸钱飞。

归鞭缓缓玉花骢，十里园林夕照中。

傍郭人家如画里，鸣筝吹上纸鸢风。

曾国藩评：轻清婉约，似厉樊榭集中绝句。

和普兰岩总镇《春日偶成》原韵二首

暮霭园林入画中，阑干面面倚东风。

二分春色回芒部，千里乡心忆渚宫。

陌上囊诗从李贺，亭前载酒访扬雄。

还期雨霁寻山寺，共赏名花一捻红。

夕日登城思渺然，乡关隔别动经年。

卖花时节寒过雨，插柳人家晚禁烟。

龙洞泉声来阁外，乌蒙山色落樽前。

骚坛儒将饶风雅，倚马高吟酹酊天。

王柏心评：二诗风骨峻整。

春日池上

晓林晃晴晖，初日升杲杲。

春来物向荣，一一色蒨好。

乌性悦新丛，鱼情荡幽藻。

凭栏良无言，俯视心自了。

愿言谢尘喧，无将撄怀抱。

王柏心评：冲淡。

赠东川碚神寺屏山上人

萧间古寺青城东，林树沿缘一径通。

几度敲门来月下，何年飞锡入云中。

戒香佛火安终古，竹籁风涛响半空。

虎啸溪头劳送我，临歧笑语夕阳红。

得云五弟荆南书院来书

闻汝荆南去，下帷方早春。

辅仁宜择友，修德必来邻。

马帐横经处，谢池入梦人。

寂寥寒食日，把酒想频频。

不　辱

日食费万钱，不过一饱腹。

云厦广千间，不过一托足。

人情何营营，得陇复望蜀。

八九不如意，坐使愁成斛。

昨日愁未已，今日愁又续。

天壤本自宽，辕驹何局促？

至哉老子言，知足自不辱。

劝蚕八章有序

乌蒙跬步皆山。山高而气寒，不宜稻，只产杂粮。然勤者尚不致于乏食，惟谋衣独艰，居民短褐不完者居多。余于山箐间觅得山桑一种，即柘也，可以饲蚕。因劝民家栽桑，视多寡以为赏罚，弥月间得树巨万。并于郡城设立蚕局，作劝蚕诗以教之。

浴　种

食以饱人腹，衣以被人体。

舍是食与衣，更无谋生理。

东亩勤男丁，西室课妇子。

屈指届清明，风日正和美。

晨起视匣中，蚕卵铺满纸。

将纸束戋戋，置入怀抱里。

奄忽三日间，蠕动如群蚁。

扫之以羽翎，承之以筐筐。

及时求原桑，蚕事从此始。

王柏心评：惠民之政自当俎豆，名宦中无论诗之工不工，皆必传也！况诗又温婉细切，历历如画者乎！

采 桑

好风从东来，山柘夐早芳。

土人竟不识，丛生弥高冈。

移来植园囿，采采如柔桑。

大妇执方筥，中妇执圆筐。

寒烟起墟里，彳亍遵微行。

斧声撼高树，梯影依短墙。

近枝亦已折，掀捥伐远扬。

时闻笑语声，迟迟日方长。

回首视来路，谷口下牛羊。

蚕饥且归去，半担荷斜阳。

王柏心评：发端纯任，天机惟渊明，有此高致。

治 室

连日天放晴，红暗杏花坞。

荒祠去赛神，女伴结三五。

祠前酾桃浆，祠后喧瓦鼓。

虔祷马头娘，罗拜日方午。

归来治蚕室，筑墙环数堵。

重重扃板扉，密密塞窗户。

宵鼠与昼蝇，莫或敢余侮。

风雨亦已除，攸居宜老姥。

安寝斯不遑，弥月服劳苦。

饲　叶

终朝采绿叶，叶叶辞高枝。

婉娈闺中女，纤纤手自持。

还须金剪刀，细切如碧丝。

蚕小叶亦小，人力随所施。

昨宵春雨来，满园含绿滋。

摘来叶带雨，风庋以食之。

朝食蚕无馁，午食蚕无饥。

晚食殊未已，更漏听迟迟。

但得蚕事兴，虽苦亦何辞？

王柏心评：生意盎然，笔有化工。

试　眠

燕子巢屋梁，呢喃画堂前。

晨起视春蚕，蚕子初试眠。

昂昂矫其首，累足形连蜷。

脱然皮巳解，蜕化如秋蝉。

眠时勿与食，既眠食复然。

出门望陌上，桑翠繁如烟。

移　箔

织苇以为席，织竹以为箔。

名异用实同，取材就束缚。

长短贵适用，丈许费量度。

将蚕布其上，欣然有所托。

仰者如游龙，伏者如屈蠖。

密乃使之疏，分形自各各。

无数食叶声，青青供咀嚼。

食饱莫悠扬，新丝待汝作。

上　簇

三脊白白茅，一束青青草。

四十五日终，家家忙捉老①。

既老不复食，簇上任颠倒。

---

① 原注：捉蚕上簇，俗云捉老。

有如萦网蛛，又似结巢鸟。

密密此藏身，茧成自完好。

大者以成大，小者以成小。

分茧欲及时，布谷声报晓。

缫　丝

谷熟趁初秋，蚕熟趁小满^①。

莫遣茧成蛾^②，缫丝乌可缓。

置茧釜汤中，滚滚沸如卵。

以手引其端，缫车鸣婉转。

明明色浅深，乙乙丝长短。

持丝入机杼，素绪复舒展。

异时文锦成，衣被天下暖。

缫盆词

蚕事既毕，茧成，用缫其丝，鲜美异常。士女观者云集，

---

① 原注：楚谚有"蚕趁小满谷趁秋"之语。

② 原注：茧久化为蛾。

诗以纪之。

四月麦风吹山桑，桑叶已老桑枝长。

东邻西舍相呼忙，凌晨煮茧街头香。

茧大如瓮倾篮筐，釜底沸腾翻兰汤。

缫车轧轧低且昂，应手丝绪看飞扬。

陆离二色炫奇光，白玉比白金比黄。

居人惊喜远相望，四围观者如堵墙。

蚕家之乐乐未央，一岁八熟利倍常。

归来且复烹桃浆，祠前祭报马头娘。

明日出门又插秧。

王柏心评：奇丽似古乐府。

新春闻鸠

紫竹丛西久歇声，忽来新语最分明。

如将怨别逢人诉，岂不怀归动客情？

晓色千林开宿瘴，春愁万里入边城。

绮窗可醒劳生梦，累尔枝头苦苦鸣。

王柏心评：宛转关生。

丁酉六月登大观楼放歌，兼送友人北上

楼在昆明湖中，距北岸数里。

万山之中围此湖，波涛泱漭连平芜。

周视广袤三百里，远水浮天天欲无。

中有楼阁出云表，翚飞鸟跂交枡栌。

我来登此一遐眺，新雨初霁风色殊。

银涛晃漾看不定，恍如坐我于蓬壶。

上方人语杂钟磬，远岸雁影低菰蒲。

回首西望日未晡，举杯邀饮兴不孤。

前山睡佛如可呼 ①，座中有客将首途。

欲别未别情何如，愿君停鞭立斯须。

楼头大醉更捉笔，长风破浪为君图。

王柏心评：起有地负海涵之力。

王柏心又评：豪气涌出，有此结笔，乃称前路之壮伟。

送妹丈 ② 陈东府旋里

高轩万里发南滇，来与余偕去独先。

---

① 原注：昆明池西有太华山，俗呼睡佛山。
② 妹妹的丈夫。

明旦晓霜留迹处，板桥①一路认归鞭。

小饮海心亭，次关午亭原韵四首

吟筇偶暇小追攀，领取清秋半日闲。

映水楼台如画里，斜阳一抹半衔山。

山色四围水满塘，高高亭子矗中央。

人家多少蓼花岸，不解山乡是水乡。

海水中分跨小桥，疏疏红叶晚烟消。

平铺秋水明双镜，划破琉璃路一条。

饱话西窗慰客怀，踏归花径喜肩偕。

钟声一杵南楼上，月下诗情满六街。

曾国藩评：末二句设意妙天下，黄鲁直往往有此等
情境。

---

① 原注：出省首站。

题蔚田《牧牛图》

牧牛图，淋漓大笔和烟濡。

辋川风景了不殊，东阡西陌连芳芜。

晓起日出远皋上，双童骑牛来求刍。

大童牛背坐吹笛，小童弄鞭牛背立。

三月三日天气晴，大风吹去青箬笠。

牧过短垄复长坪，绿痕弥野春草生。

犊儿跳梁张耳鸣，隔畦望母时一声。

老牸应声回头顾，欲行不行且复住。

谷口斜晖日向暮。

呼犊相将傍蹊行，松间认取归家路。

曾国藩评：机趣横生，亦从坡公考牧诗脱胎。

清　明

杯盘狼藉夕阳红，杨柳阴深笑语中。

野冢黄昏人散后，乌鸦闲啄纸钱风。

戒溺女歌十章并序

从来父子主恩。兽相食，人且恶之，岂有忍自杀其儿者？盖缘恶习已久，相沿成风，故尔恬不为怪耳！此歌恺切明显，动人听闻；妇人孺子，咸能解晓。吾愿积善之家，父诏其子，兄勉其弟，夫戒其妇。遇有愚夫愚妇，多为传诵而劝导之。《太上感应篇》云：昆虫草木，犹不可伤。况于人命所关甚重！救人一命，功德无量，推而广之，福禄绵长。是所望仁人君子也夫！是为序。

听我歌，歌声苦，人生哪个无父母？
人无母兮将何恃，人无父兮将何怙？
父母养汝无穷恩，为何溺女就是汝？
她转人生非容易，指望爷娘将她抚。
谁知呱呱才落地，顷刻一命归黄土。
人说虎毒不吃儿，漫道人心不如虎！

听我歌，歌声哀，人说养女费钱财。
无女未必家道富，有女未必家道衰。
自古贫富由天定，发富还从积德来。
只要养女有教训，何妨裙布与荆钗。
行善之家多养女，越多越富越称怀。

家贫不关女儿事，你的八字早安排。

听我歌，歌声急，谁说养女没有益？
养男好替父辛勤，养女好伴母岑寂。
男子终年多在外，女子依依傍母膝。
牵牛驾马纵不能，也会针黹与纺绩。
试看世上轻薄子，嫖赌游荡多忤逆。
何如留下随身女，免得空房独自泣。

听我歌，歌声长，事前事后要商量。
今日她做你的女，异日她做人的娘。
人娘还是人女做，生生不已家道昌。
人在世间做好汉，要重三纲与五常。
若使人生不要母，除非人人出空桑。
试问汝身何处来，何不回首望高堂？

听我歌，歌声惨，人心总要三自反。
男在身边日子长，女在身边日子短。
人若养男八九个，一人需要一分产。
女儿丝毫分不着，随便茶饭吃一碗。
长成即须出门去，靠她婆家我不管。
权且将女作男看，十七八岁容易满。

听我歌，歌声凄，人畜到底分高低。
养狗不过守夜吠，养鸡不过司晨啼。
有人打了你家狗，门首叫骂不肯依。
又见鹞鹰抓鸡儿，惊痛不觉大声嘶。
这个良心本来有，只为一时被昏迷。
你将你女想一想，难道不如狗与鸡？

听我歌，歌声恼，一夫一妻室家好。
哪个有爷没有娘，哪个有兄没有嫂？
你家若是养男儿，娶妻完婚恐不早？
人家养女归你家，你家养女命不保。
若是家家不养女，世上人类都绝了。
自古天地人生人，留她一命到偕老。

听我歌，歌声悲，我说养女不吃亏。
养子要他大门户，养女也许焕门楣。
她若夫荣子又贵，诰命夫人由她为。
人人夸道某家女，亲戚荣宠有光辉。
由来女婿半子分，不比旁人少持维。
还要防备老来穷，好仗女儿来解围。

听我歌，歌声促，子女均是你的肉。

抱儿三年离娘怀，怀儿十月离娘腹。

母女本是一气生，反比无常心更毒。

养子要他活百岁，养女一朝命何速？

哪知男儿多强狠，不如女性柔且淑。

试待百年归山时，留着女儿来痛哭。

听我歌，歌声愁，恩怨果报皆有由。

养她就是她父母，害她就是她仇雠。

儿生须臾水淹死，冤家与你作对头。

报应只争迟和早，不害你命她不休。

世间有个解冤法，存心慈善把德修。

奉劝从今不溺女，富贵荣华享悠悠。

以下之任迤南作

过关岭

三载昆华客未还，驰驱金马碧鸡间。

如何深入瘴烟里，又隔昆华万叠山。

秀州行并序

通海古秀州地，周围皆山，山下即海，袤广几四十里。乡民环绕而居，近水皆稻田，高坡多果圃。春夏之交，青葱弥野。加以渔蓑樵笠往来，于溪尾渡头间如入山阴道上，几于目不暇给，诗以志之。

山环水来水抱山，缥缈烟云虚无间。

镜面荡漾三十里，别有天地非人寰。

我来山上一延顾，山下村村竞种树。

初入疑是武陵溪，落英缤纷作春暮。

阴阴李子绿成行，袅袅桑枝青夹路。

隔篱时闻鸡犬声，茅茨家家倚崖住。

行人走及陌与阡，坡前无数插秧田。

梅雨新添水拍拍，渡头深系钓鱼船。

肩舆呕轧不下肩，红日绕山山色连。

望望晴岚起夕烟。

樵夫导我入城去，仍在斜阳浅水边。

王柏心评：竟体轻快，瀺灂如闻流水声。

石屏州歌

石屏海子四十里，两岸人家傍春水。

春水周匝围青山，大峰小峰梳烟鬟。

山水之间势环绕，行舆匆匆看未了。

路人遥指打鱼村，打鱼村前山水浑。

无数花鱼浮水出，昨宵一雨涨溪痕。

溪水交流田水足，看看町畦长新绿。

王柏心评：明秀如画。

王柏心又评：溅玉跳珠，引人入胜。

八抱树

两山夹溪笋，崖头泻瀑泉。

夜深风雨作，孤馆不成眠。

莫浪坡

妾在坡上住，即隔元江渡。

日暮望郎归，徙倚庭前树。

望郎郎不至，眼穿坡下路。

坡高烟瘴稠，阿郎莫浪游。

王柏心评：似齐梁间小乐府。

菜圃口占

荒畦半亩剪蒿莱，手拾野蔬随意栽。

赢得满园生趣好，主人一日几回来。

读《汉书》

置酒沛宫作帝回，大风歌罢转徘徊。

布诛越醢淮阴死，何处犹招猛士来。

豁如大度迈庸流，雍齿行封释旧仇。

底事不忘辖釜怨，推恩只得颉羹侯。

八月十五日同张春谷游普安寺，小步西山晚归四首

古寺柴门昼不开，通幽曲径长莓苔。

时闻笑语林边响，知是儿童拾栗来。

雨余秋草绿还生，荦确荒田乱石横。

访古偶寻双塔迹，山坳深处有人耕。

四山环绕夹荒溪，紫蔓青藤当竹篱。

中有幽人结茅隐，闲时抱瓮自浇畦。

片时烟霭卷秋风，向晚山村一抹红。

无数人家缘郭住，楼台历历夕阳中。

王柏心评：摩诘诗中画也！

曾国藩评：四首俱遒炼。

秋园杂吟二首

山城气候异江村，寒暖天时不要论。

已过秋分八月半，犹看龙竹长儿孙。

林下锄余地半弓，萧疏老圃淡秋容。

要知咬得菜根意，闲课园丁种晚菘。

重九日偕张春谷游观音山

边城秋阴暗十里，雨湿黄花扶不起。

侵晓四山云气开，初日放晴天色喜。

邀君同出城东游，笋舆呕轧群山头。

林木荫翳满山谷，中藏古刹幽复幽。

绕檐铁马风声作，登高若个帽吹落。

有酒不醉花笑人，对酒看花且复酌。

万里羁愁为扫除，十年旧雨恣欢乐。

醉意胜似秋意浓，出门天晚日下春。

山雨欲来云万重。

回首不见云中寺，冥冥惟闻山外钟。

冬日忆晴川二叔，即以寄之

别来不自意，别后长相思。

地僻书来少，天寒梦到迟。

物华三岁易，心事两人知。

岭上梅花发，凭谁寄一枝？

题福谷泉太守诗卷

去年今日晤君面，丛桂香中出此卷。

程期敦迫①不卒读，什袭藏之每在念。

间来妙句得推求，音韵宛转清且遒。

慨然以思志千古，排抑沈宋驱曹刘。

如君天资信英迈，想见下笔风雨快。

治绩谱入承平声，一片宫商动天籁。

读者不以章句论，诗中兼有画意存。

领取象外闲远旨，云归洱海淡无痕。

寒食偶成

禁烟天气杂阴晴，睡起蕉窗殢宿酲。

离绪春愁两无奈，一时并入午鸡声。

---

① 原注：时之任迤南。

曾国藩评：深稳。

清明感怀，却示诸女

空忆荒阡宿草生，玉屏春里话清明。

松醪麦饭寻常有，无那家山万里情。

王柏心评：情至语，自然凄楚！

和周澍青《踏青》原韵

入水杨花作翠萍，关怀冷节雨初经。

山岚晓卷千峰白，野烧春回一夜青。

满地落英香绕路，插天群嶂玉为屏。

饮醇争说周公瑾，一笑开樽水上亭。

圆照寺

公暇一登楼，诗情眼底收。

傍山村近僻，多雨候成秋。

树色攒窗入，溪声绕郭流。

屡丰占有象，万顷绿秧畴。

张春谷、杨鹤亭招集普祥寺，席上口占

冒雨寻萧寺，兴来间举觞。

四山全入座，六客半同乡。

林鸟鸣相和，野花开自香。

我心有余适，与物两相忘。

王柏心评：五、六澹沱，有真意。

亭栏晚望

忆我有生初，缔交自君始。

颍上开学堂，翩翩两童子。

我年十四龄，君年稍长耳。

负笈君拟苏 ①，趋庭我愧鲤。

一见如生平，相依比唇齿。

灯火夜连床，砚席朝接几。

---

① 原注：汉苏章负笈追随不远千里。

晦明风雨中，大半萧寺里①。

君竟蹶文场，我惭叨禄仕。

燕北与滇南，萍踪漾流水。

谁知旧雨来，相遭忽在此。

把袂话昔游，年光疾如驶。

蘧瑗今知非，行年差可喜。

华烛照秋筵，思家六千里。

请君晋一觞，祝君受繁祉。

全香海招饮下寺

螺峰一抹雨余天，湿翠霏空堕酒筵。

上寺②钟声闻饭后，边关秋色到霜前。

采芝客去知何处，刈稻人归话有年。

报赛定知民气乐，家家争酿社神钱。

王柏心评："边关"七字，嗣响钱刘。

曾国藩评：三、四雅健。

---

① 原注：时读书永镇寺中。
② 原注：上寺与下寺相邻。

西山秋晚

西山暮霭带晴暄，秋色苍苍一抹痕。

点雪鹤归烟外路，穿云人语树旁村。

日斜箫鼓喧城角，雨后峰峦露石根。

乡景宛然饶乐事，比邻社酒足鸡豚。

王柏心评：清迥。

曾国藩评：三、四极似晚唐人。

观刈稻歌

白日疃疃照茅屋，傍山人家起收谷。

北山坡属南山田，一例黄云悦心目。

千村万落相呼忙，丁壮腰镰竞追逐。

红莲拾穗来婺妇，青箸饷麦到童仆。

日暮珠实捆载归，大车小车走辘辘。

隔溪时闻打稻声，桄榔树下响碌碡。

今年尤较去年熟，紫芒一畦米十斛。

闾巷无事起歌声，柴门日高卧黄犊。

八月望日登圆照寺楼，风雨晚作

万山围绕此螺亭，放眼洞开三面棂。

峦岫晓云时衮碧，卧畦迟稻尚留青。

空蒙烟雨来俄顷，迤逦楼台入杳冥。

隐隐月华呼不出，吹开漫许管弦停。

偶　咏

山午日迟迟，帘波漾竹枝。

隔墙人语歇，睡觉草堂时。

除夕感怀

零落梅花锁瘴烟，旅踪独自滞南天。

故园风雨鸿应到 ①，明月关山客未眠。

残角几番吹腊尽，归心一夜动春前。

可堪险阻经尝遍，在外于今十九年。

王柏心评：清警不让刘随州。

---

① 原注：闻舍弟云五于腊月自京旋里。

卷三

观边草

绝　句

高楼回首万重山，来路依稀云树间。

绕屋松涛作龙吼，寒灯古寺铁炉关。

王柏心评：森然动魄。

三月三日自省旋普，百花已尽，惟余淡桃一株，走笔戏成

番风吹过杏花香，迟暮春光淡晚芳。

避俗高人邻北郭，羞贫处女倚东墙。

爱怜合有黄观察①，吟赏何如白侍郎②？

不共群英争早艳，岩松涧竹映青苍。

① 原注：自谓。
② 原注：白香山咏晚桃花诗，有"白侍郎来折一枝"之句。

王柏心评：得"戏"字之神。

曾国藩评：有别趣。

重午小饮圆照寺楼

好雨今朝为洗愁，樽前笑语俯青畴。

不知明岁菖蒲酒，放眼醉登何处楼？

小憩回龙寺

地迥尘寰隔，山深五月凉。

上方钟磬寂，时有桂花香。

曾国藩评：清微。

中元夕城上步月

城头遥瞩入空冥，柝击重门夜不扃。

月照楼台高下白，雨过峦岫浅深青。

人家烟火秋尝稻，佛寺袈裟晚诵经。

明日中元增感慨，不堪野哭几回听。

曾国藩评：中四句健举。

送杨问渠内弟旋楚

斜日下荒戍，乱山围古城。

半年成小聚，万里此长征。

远道双鱼信，秋空一雁声。

青云生马首，去去慎前程。

王柏心评：凄厉清壮，似陈拾遗。

晓出石屏州城

朝旭净山郭，轻风信马蹄。

一峰明古塔，两水泊长堤。

比户安耕凿，边陲静鼓鼙。

斯人①今已杳，回首怅金鸡。

---

① 原注：谓许鱼泉前辈。

句町① 怀古

地势郁迢递，兹邑实大藩。

蒙叚据形胜，襟带亘川原。

巡莅值暮序，我心忧且烦。

诘朝整车驾，路出东郭门。

十室八九空，瓦甓纷颓垣。

池平委陈土，井涸咽深源。

延睇陟冈阜，寒晖散朝暾。

宿草没碑碣，累累属丘墦。

兔群据三窟，人烟冷孤村。

昔为冠盖里，今为松柏园。

四境何萧条，观俗惭轺轩。

安得挽凋瘵，一为拯元元！

曾国藩评：叙述警板不支，犹是杜陵家法。

---

① 汉元鼎六年置句町县，元置临安路，明清为府。地在今云南红河哈尼族
彝族自治州一带。

异龙湖^①泛舟，由大瑞城至小瑞城，登来鹤亭

海上峰青大小姑，不教仙岛擅蓬壶。

千年鹤舞余亭阁，四面渔歌乱荻蒲。

清磬随风飘上界，夕阳照水卧浮屠。

城头一曲谁家笛，波底蟠龙唤起无？

王柏心评：清绝滔滔。

曾国藩评：五、六雅淡。

甸索道中即景，因寄全香海家酉轩

如春天气晚晴赊，红树青山白日斜。

远客控驴初下店，老牛带犊自还家。

山厨接笕平分水，野渡横梅卧放花。

愧谢故人多问讯，空囊只合贮烟霞^②。

---

① 原注：石屏海。
② 原注：酉轩函内有"佳句盈锦囊"之句。

龙洞闸并序

普阳城西里许为天碧山，山后有龙洞汇纳诸山之水。由洞口入，潜行山腹中，不知几里复出虾洞，听其奔流自去，莫有为之潴蓄者，良足惜也。道光庚子年九月，余行部见之，乃于龙洞十丈外横筑石坝一道，遏水成塘，设水平，建石闸，以时启闭。当春农事方兴，雨泽未降，则开闸灌溉，利被民田四十里，泄有余，防不足。农民便之，号曰龙洞闸。诗纪其事。

西山之西势夐绝，石壁千寻立屹嵝。

神龙哆口森齿牙，万斛珠泉供咽咽。

群山水势逶迤来，倾流倒峡不复回。

横筑石堤如束带，两崖对峙一闸开。

仰视精舍起天半，琪花瑶草环蓬莱。

我来捧酒荐神毕，毛发森然气寒栗。

坐听激流喷薄声，疑是龙吟水底骇涛溢。

又疑群真撞钟伐鼓朝太清，砰訇镗鞳韵不一。

钟乳错落嵌悬崖，穿凿未烦五丁力。

此去旁通扳枝花，仙源何处寻仙家① ？

伏流七日水西见，洞口生鱼洞尾虾② 。

---

① 原注：相传洞内有太乙真人仙迹，今迷失不知所在。
② 原注：水见处名为虾洞，产虾最多。洞头产鱼，洞尾产虾，不相搀越。

年年三月闸全启，春水一波四十里。

灌入南亩农夫喜。

雨水不来山水来，汩汩灵源未有已。

王柏心评：笔锋神隽，如太阿出匣。

王柏心又评："黄河落天走东海，万里写入胸怀间"正复如此！

晚　步

萧条官舍寂如禅，小步堂前意悄然。

一径无尘池过雨，千林有影月当天。

阁传清漏残犹韵，门对秋山淡欲烟。

几度寻诗思更细，未嫌花露湿吟肩。

王柏心评：流逸。

天碧山看云歌

朝看山戴石，暮看石横山。

朝朝暮暮山，不改大石小石堆螺鬟。

太乙山人讲经去，石不点头空自顽。

茂林修竹亦何有？见惯濯濯真等闲。

老人笑指云初起，此山不云云必雨。

余闻此语方猜疑，佳气氤氲已十里。

俄顷滂沱沛甘霖，田稼滋荣农夫喜。

未曾占雨先占云，三年历试皆如此。

嗟我官满叨天功，力田逢年年屡丰。

竭来焚献摅寅衷，神不言功功愈崇。

但见香霭氛氲闷崖室，苍翠一径吟松风。

王柏心评： 兀嵬自意。

食　桃

青枝罨翠阴初密，朱实流甘味自新。

眼看三年今结子，食桃却是种桃人。

秋日杂感二首

海上经年未罢兵，拍天巨浪走长鲸。

何人鏖战皋兰下，诸将新屯细柳营。

秋尽烽烟连绝岛，夜深砧杵满荒城。

忧劳此日勤宵旰，应有奇才答圣明。

王柏心评：雄亮英警，右丞东川之正声也。

萧萧落叶逐霜来，豁眼峰峦四望开。

故国烽消戎马靖 ①，秋风声起泽鸿哀 ②。

小山应作留人计，洪水惭非济世才。

为忆仲宣无恙在，登楼何处一徘徊。

普洱留别二首

官满民何补，客归路正长。

清时忘远略，迁吏愧边防。

有子壮行色，全家辞瘴乡。

溪桥重回首，危堞下斜阳。

洱海俯澄澜，临歧岁欲阑。

越裳重译迥，落木万峰寒。

野水横梅浅，离亭送酒残。

攀辕惭父老，清泪落征鞍。

---

① 原注：谓崇阳民变。

② 原注：近闻荆州堤溃，水势甚大。

卷四

续游五华草

纪　别

匹马无端万里行，天寒日暮此登程。

山高不忍重回首，一片白云江上情①。

寿周澍青五十

忆昔与君初把袂，一饮醇醪辄心醉。

爱君问君年几何，君长于余仅一岁。

去冬小艇偕南来，梅花时节寿筵开。

折脚铛边列肴馔，打头篷底倾酒杯。

君耽风雅句多妙，到处烟霞寄啸傲。

有时雄辩惊四筵，笑谈令我开怀抱。

---

① 原注：家君于原上立望者久之。

山馆同居近五华，洞口无人桃自花。

去年花底君对酌，今年秋老不还家。

秋来正熟黄花酒，祝千龄、酌大斗。

醉后烂漫发天真，世事拘牵亦何有？

我与君饮为君歌，秋雨秋风奈别何！

明日鹧鸪塘上路，马头回首白云多。

宿清浪滩

山高月小暮烟横，野水孤舟寂寞情。

客枕偏教眠不稳，五更风雨乱滩声。

王柏心评：七字凄断。

舟抵镇远

舟舆奔凑古津亭，此去云山入杳冥。

北望乡关何处是，一行寒雁楚天青[①]。

王柏心评：音调入唐。

---

① 原注：时云五、舫西两弟寄到家书。

过小东坡

新泥滑汰绕溪行，轧轧肩舆趁晚晴。

家住深山贫亦好，茅檐竹舍唤鸡声。

曾国藩评：幽隽。

响琴峡

清弹万古此鸣琴，响入松涛众木森。

流水高山人已杳，再来何处访知音①？

海心亭晚步

海心亭畔水平堤，刺入秧针刿刿齐。

树外夕阳红照影，鸳鸯飞过画桥西。

王柏心评：似北宋人。

---

① 原注：谓伊莘农、颜鲁舆两先生。

偶　成

六街灯火灿烟霞，士女如云入夜哗。

小巷月明人静后，今宵定有梦还家。

和傅秋屏方伯《留别大观楼》原韵二首

边关万里此登楼，荡漾平湖豁远眸。

翠阁笼云冲雨出，螺峰隔水带烟浮。

离筵飞絮青春晚，夹道垂杨绿意稠。

想象群仙画图里，几人得上李膺舟。

壮心安得挽天河，一洗尘氛快若何？

版筑功名从古少，旌麾喜气带春多。

折来绿柳添愁绪，去后甘棠有咏歌。

秉节行看移镇处，定教海上不风波！

王柏心评：直举胸情。

卷五

约萍草

丙午赴武昌道上即景二首

江南草长正啼莺，客里光阴水上程。

郭外斜阳人影乱，杏花明日又清明。

渔庄蟹舍枕长堤，春水平芜入望迷。

倚枕摊书人倦后，荒村时有午鸡啼。

王柏心评：流婉。

荒村即事

剩有长堤草，依然绿到门。

楚人三户在，春水半篙浑。

鱼市饶腥气，鸿泥认爪痕。

凄凉无限意，落日怅黄昏。

王柏心评：天然秀致。

题《江山远眺图》，为袁朴田作

黄鹤去不还，名楼自千古。

楼下有幽人，卜居室盈堵。

堂高与山齐，凭栏时一俯。

烟火千万家，披图快先睹。

大江西南来，波涛恣掀舞。

乾坤入混茫，日月互吞吐。

树影望晴川，历历纷可数。

放怀遗所拘，忘形到宾主。

空翠惊绮筵，残红落花坞。

酒酣归已迟，暮云暗前浦。

王柏心评：壮阔。

里居感述六首

水患频仍后，民生窜徙余。

死亡拼骨肉，荒乱失田庐。

岁俭储粮匮，时穷礼法疏。

昔年繁盛地，空野一踟蹰。

保障关民命，虹堤起筑劳。

百夫勤畚锸，万姓竭脂膏。

墟里苍烟断，蛟龙白日号。

禹祠传息壤，不禁水滔滔。

北水兼南水，今年胜去年。

茅檐平鸭掌，树杪泛鱼船。

破灶无黔突，淤沙有白田。

茫茫沉陆海，百里少人烟。

水国去桑梓，山乡谋稻粱。

兄弟各歧路，鸟雀下空场。

生计怜漂泊，穷途怅渺茫。

嗷嗷鸿雁侣，哀韵起湖湘。

去住总堪哀，十扉九不开。

朱门填瓦砾，白骨委蒿莱。

鬼哭无新故，人稀绝往来。

岂忘安集念，愧乏济时才。

剥极终占复，危中要计安。

保全人民重，蠲赈圣恩宽。

三楚幅员广，十年生聚难。

中流谁砥柱，大力挽狂澜。

王柏心评：语语沉着，其深刺骨，觉监门图，犹未能绘，此满纸泪痕也！

晚自磨市归舟过下渡，西望剑峰

暝色从西来，鸥波淡千顷。

夕烟霭落晖，荡漾信孤艇。

迤逦怅遥峰，云木时引领。

梵宇凌诸天，结构依层岭。

双松盘其巅，亭亭翠盖影①。

下有仙人踪，草荒没丹鼎②。

清磬隔林端，余霞媚晚景。

遥瞩神已移，高吟志弥骋。

便欲溯溪流，一造桃源境。

王柏心评：发端肃旷。

---

① 原注：旧有两松夭矫作势，俗呼为鹳鹰树。今存其一，已干枯矣。
② 原注：剑峰丹鼎为松滋八景之一。

雪晴散步至飞凤山下

微雪霁林皋，烟湿岚翠重。

群山赴平原，奔腾势如送。

仙人游何年，峰头跨丹凤。

凤去山自留，嘉名犹追诵。

我来惬心赏，游目一遐纵。

荒溪步步幽，落日山山共。

涧松喧碧涛，林鸟发清哢。

古刹隔溪流，岩扃白云冻。

訇然闻暮钟，一觉浮生梦。

王柏心评：此篇以起调制胜。

王柏心又评：此与上篇皆似大谢。

舟抵浣市，与二弟云五别

老屋东西住五年，秋江又上别离船。

岸头分手无多语，落日销魂独黯然。

早发邯郸

早行衣冷拂征鞍，旅柝沉沉晓色寒。

五度黄粱犹未熟，马驼残梦过邯郸。

过正定，怀高南渠① 同年

秋水平沙浅，驱车晓渡河。

故人官五马，落笔换群鹅②。

峻望标层塔，寒流感逝波。

东关凭眺久，不忍拂鞭过。

口　号

十千沽酒不浇愁，老大无能感百忧。

落月惊回茅店梦，鸡声乱唱五更头。

曾国藩评：奇句。多有水到渠成之妙。

---

① 原注：南渠曾为正定守。
② 原注：南渠善书。

重阳日定州阻风

迢递关河转铁轮，朔风匝地卷行尘。

今朝樽酒登临处，应有龙山落帽人。

过安肃境

三辅烟霄迥，重阳气候温。

清霜经昨夜，黄叶落前村。

丘冢名流远①，衣冠古俗存。

二三闲父老，暴背话墙根。

过良乡，有怀张伯盟刺史

画堞连畿辅，今来似昔来。

廿年思往事，百里惜公才。

邑小人烟聚，山遥地势开。

流风知未泯，立马首重回。

---

① 原注：道旁有卫处士刘伶墓。

征妇词

家住剑峰山下村，春来杨柳绿当门。

偶经去岁送行处，犹有枝头旧折痕。

征夫词

几日春风度陌头，江南江北使人愁。

含情怕见垂杨柳，雨色青青莫上楼。

王柏心评：二诗蕴藉，皆似唐贤。

和朱恕斋方伯《纪恩》原韵

清标鹤立仰风裁，咫尺门墙愧楚材。

六诏云高叨厦庇①，九门日丽踏春回。

溪山入梦期长往，风雨留人许暂陪。

趋召他年膺异数，旌旗重看渡江来。

曾国藩评：三、四雄丽。

---

① 原注：先生为迤东观察，余适调任首府。

和雷春霆侍读《九日天宁寺登高》原韵四首

古寺依城堞，登临幸有缘。

路环千仞塔，人傍九重天。

僻巷喧车马，寒花簇几筵。

龙山谁落帽[1]，燕赏又经年。

记诵篱边句，瑶函手自开[2]。

拾将珠玉唾，并入菊花杯。

往事秋云幻，新诗夜雨催[3]？

过庭遗训在，坛坫喜叨陪。

原上繁砧杵，商飙动素秋。

关山万里隔，剑佩一身留。

落日霞疑烧，边城瘴未收。

西羌新破胆，塞外孰持筹？

王柏心评：沉雄悲壮。

---

① 原注：丙午（1846）重阳定州途有应龙山落帽人之句。
② 原注：己丑（1829）秋，素云楼师有《菊花》七律四章属和。
③ 原注：重阳先一日雨。

客久劳偏惯，秋高兴倍豪。

乡书迟候雁，岚翠上征袍。

望眼迷三楚，惊心近二毛。

登临无限意，惆怅强题糕。

寿陈东府五十次韵即寄

自返名山谢俗缘，林泉高蹈设机先。

花开梅岭逢初度，书到桑乾计隔年。

两次芹香怜异地①，一株玉树许参天。

不堪旅馆怀人候，声起芦笳落照边。

鸡窗灯火记前缘，腹笥便便有孝先。

下榻思君当五夜，悬弧愧我长三年。

台高骏骨荒燕市，江远鲈鱼忆楚天。

何日买山寻旧约，卜邻应在五云边。

曾国藩评：酬应诗少有此合作。

---

① 原注：原唱有"香揽芹花两度春"之句。

都门赠别王云麓

记我初应童子试，髫龄时才十三四。

君家住近县城东，载酒亭前时问字。

而今回首四十春，一番相见一相亲。

黄金台畔同为客，缁衣坐浣京洛尘。

井梧忽下银床秋，金飙瑟瑟动乡愁。

泽国惊涛悲断雁，征途零露戒行驺。

卢沟桥上趁晓月，卢沟桥下水呜咽。

旅邸相逢曾几时，木樨香里送君别。

三载客都门，风月但坐啸。

一自登长途，延揽舒怀抱。

莽莽亘平原，迢迢遵古道。

春景敷暄妍，取次莺花闹。

十丈软红尘，一雨成泥淖。

逡巡失后车，坎凛迷前导。

羸马陷阱中，乱蹄相蹂躏。

百鞭不一行，汗湍乏腾踔。

人力挽之前，徒众皆叫噪。

晨起趋保安，日晡犹未到 [①]。

---

① 原注：襄城至保安三十里。

欲速反成迟，世事难逆料。

揽辔且徐行，静观勿复躁！

王柏心评：音节苍凉，最近高岑。

春晓由康家渡过江抵浣市

客帆天际归，日久别乡县。

忽见故乡山，如见故人面。

缥缈入云霄，峰头互隐现。

行行过虎渡，波光曳楚练。

江从山下来，流出桃花片。

策杖陟长堤，川原了可辨。

炊烟淡废墟，积水明芳甸。

客子感行役，惊叹陵谷变。

落日沉西山，还飞鸟知倦。

吾亦返吾庐，去去夜航便。

王柏心评：远体远神。

王柏心又评：秀逸处近宣城与供奉。

卷六

锦城小寓草

舟次巴东

雪里尖峰簇剑铓，下滩水势沸如汤。

行上巴东三峡路，不为猿声已断肠。

王柏心评：高古，得竹枝、水调之遗。

舟行巫峡纪事

崖壁束峡门，滩险不得过。

百丈溯江流，船如天上坐。

纤夫挽不前，一步一折挫。

溜势急于飞，人力毋乃懦。

伐鼓助船行，坎坎声欲破。

盘涡欻然来，回转如旋磨。

须臾成翻覆，随流作扬簸。

同载六七人，是时犹酣卧。

足踢船舷开，援出人个个。

惊定相慰藉，破涕反成贺。

人生重经历，何独无坎坷。

忠信轻波涛，勉旃慎毋惰！

王柏心评：笔势险峻，适与题称。

万县江亭晚坐

旅馆微风夕，江亭淡月痕。

峰峦三峡尽，灯火万家繁。

烦暑祛丛薄，孤烟带远村。

夜分行未息，人语渡头喧。

酬杜玉山见赠，即送其归松滋

剑阁峻嶒蜀道赊，何期樽酒话天涯。

奚囊古锦留诗草，客舍疏棚荫豆花。

京兆此来权五日 ①，上明归去别三巴。

昨宵一雨滩头涨，画舸随君梦到家。

庚戌十月二十日，范夫人旅榇自泸州旋楚，江上望送

云树离离怅会津，河梁望送几逡巡。

雨余舴艋乘新涨，山下蘼芜失故人。

千古波涛流不转，一时俯仰迹成陈。

巫山巫峡同来路，此去谁能问水滨。

王柏心评：吐属雅隽。

登　楼

青山数点傍城头，日暮伤怀独倚楼。

画鹢远随云影没，啼猿多带水声愁。

沙明野岸潮初落，酒散津亭雨未收。

霜叶几时摇落甚，不堪回首锦城秋。

冬日即事

十日沉阴九不晴，寒烟漠漠罩江城。

会津门外舟行驶，水上时闻欸乃声。

岁暮感怀

亲老游偏远，客孤岁转穷。

弟兄三处隔①，吴楚一江通。

园草回春绿，江梅破腊红。

十年成底事，踪迹怅泥鸿。

王柏心评：警切。

题黄杏川刺史《胥江送别图》

为政风流接颍川，吾家郡守旧多贤。

布帆无恙渡泸水，收取功名四十年。

---

① 原注：时舫西需次金陵。

偕陈理卿、范介眉游三华山，兼访梦仙亭古迹

槐阴吏散早休衙，偶出东城兴亦赊。

涧水着桥通野寺，厨烟炊稻熟山家。

渔轩访古空留字①，蚕豆闻香小放花。

笑语声中民气乐，归来小市日西斜。

和吴南林《元旦口占》次韵

边尘不动瘴全删，泰宇初开景象闲。

万里新恩来汉阙，三巴曙色拥夔关。

残红腊向梅边尽，新绿春从柳上还。

座有孟嘉情更惬，一凭椒酒解离颜。

王柏心评： 闲丽。

---

① 原注：崖上有"泰谷渔轩"四字。

立 春

日日江头雨，一晴为晓春。

不知前岸柳，初发几株新？

淑气方催鸟，香波欲动鳞。

东郊应未远，彩仗簇城闉。

王柏心评： 自然清逸，殆若天成。

清明志感

巴江千里下枝江，流过新滩水势降。

宿草青青湖上冢，春帆细雨对鱼矼。

六月二日将返泸州，发成都龙泉驿道上，闻郭公鸟

高枝鸟语听分明，时序惊心动客情。

已是浮瓜沉李日，犹闻割麦插禾声。

林边唤晓千村树，江上怀归七日程。

啼到云山无尽处，锦城回首暮烟横。

王柏心评：属对隽巧。

将赴屏山，过隆昌县与屠竹君仁贡别，竹君于役兰州

云峰巉嶪此雄关，望眼楼台迤逦间。

山雨浮烟孤塔出，野田潴水叠溪环。

秋荒草径虫争语，日暮枫林鸟倦还。

双凤驿前明日路，层峦怜汝独跻攀。

王柏心评：句中包得数层次第，最耐寻味。

发富顺，雨中望江上行舟

江头微雨晓烟苍，岸上篮舆水上航。

我自有家归未得，舟行一日到泸阳。

自飞马铺至观音铺，几三十里，山色明秀，溪水潆洄，良田美产，竹舍茅檐，吟眺之余，不减图画

云台迤逦带山村，罨画人家白板门。

田水没牛春雨足，竹篱吠犬夕阳暄。

峰头樵唱闻清响，树杪炊烟认白痕。

一曲芳溪三十里，不知何处问桃源。

过江晚宿叙府

翠岩丹壑古戎州，鼓楫飞涛作壮游。

一雨洗岚峰竞矗，双江抱郭地疑浮。

峦津日落滩声急，僰道风高树色秋。

闻道涪翁留胜迹，流杯何处访池头。

王柏心评：字字峻拔。

安边场楼上晚眺

隔江即滇南昭通郡地。

青山坐对郁崔嵬，万里凭栏一举杯。

水下三泸江溜转，风高六诏岭云开。

天边雁少乡书断，渡口人归暝色催。

十七年前旧游地，不堪落日首重回。

王柏心评：壮而能切。

悯边行并序

巴部凉山地，夷人聚落也，与内地越巂屏山毗连。每岁秋成后，辄纠众出巢肆扰。初入内境，先向山巅吹角作呜呜声，远近夷人闻角慑服，夷乃分投各村，恣焚掠，席卷所有，屠杀极惨。惟壮男少女或释不杀，皆束手就缚，如驱牛羊入山去，竟无敢抗拒者。被掳难民亲属，不令相见，椎髻跣足，奴婢虐之。或转卖他夷，入山愈深，永无生还日矣。近边诸村，屡遭荼毒。人烟萧索，田地荒芜。目击心伤，赋歌志慨。

边城八月霜天高，金风策策夷虏骄。

吹角一声天惨淡，千村万落同奔号。

夷酋矫健若猿猴，登山蹋岭驰金飙。

扑下崭岩数百丈，居民惶骇无敢逃。

桑弓药簇长闪镖，腰佩七星小蛮刀。

杀人如草血涌潮，老弱尸骨堆山坳。

少妇壮男或免死，驱如牛羊拴缚牢。

搜括已空余草茅，示威一炬还焚烧。

鸡犬无闻鬼野哭，沿边百里悲萧条。

嗟此为患非一朝，因循孰使民生凋？

我来按部巡周遭，荒山白日豺虎嗥。

良田抛弃长蓬蒿，五子山峻空岩峣。

长空雨过秋萧萧，举烽时有风鹤谣。

筹戎幕府抒忠劳，三十六乡建石硐。

其中城堡十七处，星棋联络犬牙交。

防御既严恩德化，奸气自此应全消。

吁嗟乎，

安得铁骑五千扼关隘，飞剿健若盘空雕。

从天而下入不毛，犁洞捣穴倾其巢。

尽诛丑类除腥臊。

不然募徒兵勇屯边郊，且耕且战军储饶。

守望相助胜算操，群蛮永伏藩天朝。

王柏心评：壮事老谋，深得制蛮之策，有将如赵充国、段纪明其人者，蛮安得至是哉？

观物四首

仙

海上三山何处寻，琼楼绮阁入云深。

壶中药物自天地，洞口桃花无古今。

几辈辒辌升白日，千年丹灶冷黄金。

案头旧有参同契，掩卷悠然悦道心。

鬼

黄墟归去总成尘，鲁庙空传有故新。

仓颉作书闻夜哭，贾生承问许宵陈。

烟萝春雨荒青冢，霜草秋阴乱碧磷。

日暮汉宫帘幕里，犹疑重见李夫人。

龙

何年宝剑化延平？头角双双渐养成。

嘘气山川迷白日，得时霖雨及苍生。

层霄阶木云争拥，大海蟠珠浪不惊。

秋水成潭暮烟紫，灵湫时有吼雷声。

蝶

一生活计托芳菲，腻紫深红绕四围。
采蕊暖随蜂作伴，看花香趁马如飞。
丛边宛转山英灿，径外悠扬野菜肥。
老圃萧萧秋意淡，黄华篱落弄晴晖。

观我四首

生

一粒粟中宇宙藏，沸腾人海正茫茫。
父天母地吾中处，蓬矢桑弧志四方。
约略前生明月古，轮回小劫幻尘忙。
落花随意飘茵溷，此去升沉付彼苍。

老

衡斋宦况近如何，赢得新霜两鬓皤。
壮志枥头犹骥伏，流光隙里等驹过。

天涯节序秋风易，江上形容别泪多 ①。

独爱晚晴天意好，桑榆晻霭慰蹉跎。

病

谁能草檄愈头风，短发萧骚叹转蓬。

瘦削一身如老鹤，呻吟四壁伴寒虫。

持经门掩荒苔绿，煮药铛烧落叶红。

更有诗魔难遣得，枯肠搜索对秋丛。

死

化鹤翩然竟不还，人生如寄百年间。

一场富贵觉春梦，几辈凋零隔世寰。

朝露易晞消白日，夕阳无限下青山。

古来不朽称功德，笑我无才转钝顽。

王柏心评：八诗皆稳练有余。

---

① 原注：去年亡室不禄，今秋第五子夭殇。

《托钵图》为深如黄大题

颍上公子殊凡伦，皎如玉树森青春。

无端寄兴托方外，便觉潇洒出风尘。

疑是饮中八仙逃禅之苏晋，不然香积如来定前身①。

云山到处是生涯，何知在家与出家。

一钵以外无长物，咒余应吐青莲花。

东西南北随缘路，踏遍红尘不知处。

宝州金界选佛场，布袜棕鞋济胜具。

吁嗟乎，

丈夫出门轻万里，壮怀写入画图里。

君家衣钵本祖传，龙门桐枝相继起。

钵兮钵兮何为乎，酌取廉泉一勺水。

新春成都道中即景六首

玉蟾山下淡斜晖，翠壁千寻水四围。

小雨晚来催市散，村人趁得野航归。

---

① 底本为"生"，此处出韵，当为"身"之误。

牧童跨犊出柴扉，晓露初浓草渐肥。

短笛一声蹊径远，满山空翠湿蓑衣。

烂漫春光忆去年，浣花流水草堂前。

今年今日题诗处，金紫桥头杨柳烟。

王柏心评：此首最为高调。

阳安阁①外水长流，岸转峰回下客舟。

初日出林山寂寂，一声柔橹雁江头。

东门直接路迢迢，送别当年此板桥。

最是离情难尽处，不缘折柳也魂销②。

螺髻峰头月半棱，春城不夜绮霞蒸。

鱼龙曼衍真儿戏，上九人家竞试灯。

归自锦城途次，复得二绝

烟峦雨嶂势回环，桃李花开掩映间。

---

① 原注：谓简州。
② 原注：州东里许，有唐人折柳桥旧址。

四十里程新粉本，春行最爱简州山。

春愁离绪两无聊，一雨添寒是昨宵。

疏影横斜竹篱短，残花半落野梅梢。

王柏心评：二诗皆以疏峭制胜。

游玉蟾山

玉蟾山，何巉嶪，倚空石壁峭如削。

翠峦雨后洗峥嵘，云霞万状真奇绝。

泸郡三百里，兹山称最雄。

岌嶤宝山北，迤逦资水东。

蛇蟠远势出天半，群山蜿蜒来相从。

就中西崖特杰卓，鸟飞不度人迹穷。

插汉摩霄碧缥缈，呼吸直与阊阖通。

夜半月窟来罡风，银蟾吹堕广寒宫。

人间一卧三千岁，峨峨巨石蹲荒丛。

皤然大腹具化工，神斤鬼斧施玲珑。

背上丹书不可辨，苔藓斑剥烟迷蒙。

我来置身最高顶，荒刹洞口桃花冷。

老僧醉倒偎石眠，啼鸟声声唤不醒。

吁嘻，

山容玉立几何年？我欲乘之凌苍烟。

飘飘衣舞彩霞边，袖中东海仙乎仙。

青天有月呼欲出，依旧化蟾飞上天。

王柏心评：竟体奇横，有巨刃摩天、金翅擘海之势。

卷七

剑峰归云草

村　居

薄田数顷近湖湾，风柳烟萝掩故关。

老去新愁生白发，归来旧识有青山。

半犁好雨农情慰，一片浮云野意闲。

自分衰羼无补报，木天空忆旧仙班。

前赴武昌舟中即景四首

白鹭湖

白鹭翩翩水满湖，风翻十里漾菰蒲。

倚篷招手问渔子，网得佳鲜卖也无？

湖口守风

三日维舟楚水湄，蒹葭风乱叶离披。
偶思小饮嗟瓶罄，野寺丛边指酒旗。

晚过长湖

蒲帆叶叶驶云开，御尾舻艎破浪来。
飞过长湖九十里，啸风直上楚王台。

江上望枝江后山（俗名九条岭）

野阔江平入望遥，巉岏突起入青霄。
山山拱北排云立，认取丹阳岭九条。

后赴武昌复得二绝

桑枝湖（俗名三湖）

百顷芳湖夹苇丛，中流容与一舟通。
汀湾镇日无人到，看取荷花自在红。

余家埠

村市萧疏古埠头，伊人宛在溯芳流^①。
重来此地风光改，红蓼花开四十秋。

登武昌城感怀

变更不信有沧桑，日暮登临一感伤。
危堞破残余瓦石，故人凋谢几星霜。
落梅曲冷沉仙笛，明月更深过女墙。
极目关山无限意，不因吊古自凄凉。

王柏心评：后半感怆在言外，最饶余味。

岱辅庙登高

旅雁横空紫塞长，茱萸插帽又重阳。
一年容易逢秋日，半世艰难付鬓霜。
古寺扣门松匝翠，深林抄路叶堆黄。

---

① 原注：谓余夔阶。

年来多少无家客，莫更登高望故乡。

天空倚槛思悠悠，老去悲秋不为秋。
离乱经年增客感，登临几处动乡愁。
拍天逆浪连鲸窟，落日荒烟黯驿楼。
此去龙山才百里，把杯无计截江流。

和熊山泉先生《七十初度自述》原韵

望沙楼前江水流，绛帐台空忆旧游。
六月荷花如倾盖，此际初识韩荆州。
南郡课士信多才，朝取暮取拔其尤。
君时年少面如月，才高鸣凤气吞牛。
摇笔挥洒数千言，衙官屈宋莫与俦。
名山著述自不朽，坐拥百城傲列侯。
我忝微禄涸俗吏，尘世功名等浮沤。
三十五年真一梦，归来相视各白头。
欢聚几时翻增感，山中索居多隐忧。
夜来星彩动南极，寿寓忽开篱菊秋。
阶前拜舞森玉树，堂上交错纷觥筹。
紫府华烛烛增辉，琼浆玉液荷神麻。

醉后贻我琳琅篇，老笔纷披风骨遒。

郢上白雪谁能和？词陋巴渝我应羞。

祝君名登七宝箓，羡君身绝三彭仇。

同学少年何处在？武陵春色若为留。

昔时三径一回首，蒋氏门下惟羊求。

思君且欲君适我，惆怅杕杜生道周。

从今得暇即相过，兴来莫辞雪夜舟！

但愿与君寿无极，年年东海盟白鸥。

孙稼翁廉舫同年将陈臬浙中谕吉入觐，赋诗留别宇下寅好及荆南书院肄业诸生，适余客游荆南，敬次元韵，以志钦佩

五色卿云到日边，如公福慧冠高年。

缥缃族盛荣珂里，功德源长导醴泉。

祠部文章先长价，秩宗清贵不名钱。

朝衫偊直薰香久，待漏仍支警枕眠。

三阶气静颂由庚，调发无烦蓥鼓惊。

棠满封圻留芳舍，老开旌节续升平。

建藩镇抚寅僚望，卧辙攀辕子庶情。

两浙湖山瞻月御，桑麻遍野听歌声。

扈从当年赋漆沮，驰征劳苦不遑居。
九州奉使持英荡，八座承欢侍板舆。
会见专圻迎棨戟，早教异国集王书。
昌黎挥洒如椽笔，岂独潮阳格鳄鱼。

自愧无才策治安，论删盐铁笑桓宽。
鹿裘拟带启期素，鹤发犹胜子夏冠。
台省诸公常衮衮，家山归计尚漫漫。
柴桑待种东篱菊，耽搁明时五斗官。

山中即景六首

万山深处得幽居，无事相关静有余。
绕屋扶疏饶古树，适吾意处即吾庐。

落花夹岸竹围门，田舍依然别有村。
一自问津尘世隔，更须何处访桃源？

岭云收尽日初高，起视松岩有碧涛。

自扫山窗勤检点，拾将残本教儿曹。

花阴转午掩柴关，溪上闲云自往还。
睡起块然惟独坐，相看不厌有青山。

悬流百尺落溪湍，阴多六月夏生寒。
昨宵一雨添新涨，不信飞涛有钓竿。

茅檐竹舍隔幽蹊，咫尺烟岚路转迷。
欲认行踪无觅处，相闻惟有午鸡啼。

山中雨后赴友人招

侵晓无端风雨来，螺峰洗净忽云开。
出门缘径穿芳树，逢石留题扫绿苔。
古洞冈阴消夏暑，遥峦殷响走晴雷。
庭前松影高千尺，空翠犹为扑酒杯。

咏　史

士生三代后，读书志孔孟。

胡立道学名？无乃相诟病。

宋季王纲颓，群邪互丑正。

论对首陈贾，章疏继郑柄。

举国皆若狂，一倡百夫应。

延及庆元间，更严党籍令。

目之以伪学，省部记名姓。

五十有九人，同时遭斥摈。

一网尽善类，苛谴骇闻听。

群情日汹汹，贸乱靡所竟。

谁知沦丧后，右文有宝庆。

理宗继大统，讲读厉初政。

赐爵隆昔贤，袭封礼先圣。

表章崇六经，奖励及英俊。

首黜王安石，罪案千载定。

日月回末光，一洗云翳净。

士风既以端，理学浸昌盛。

庙号殆庶几，望古起遥敬。

咏深浅桃花

几日桃花各竞红，枝头罗绮剪裁工。

深深浅浅天然巧，都入春风点染中。

自洋溪赴宜昌，舟由宜都北岸行，道迂不得泊

咫尺清江莫问津，盈盈带水隔城闉。

人家多少桥河上，楼阁依稀望不真。

虎牙滩

荆门、虎牙二山之间名曰江关。

江关对峙势峻嶒，岸转峰回浪几层。

行过滩头风色好，饱帆一叶指西陵。

佚名评：隽爽。

抵宜昌

绕船吹浪起江豚，漠漠紫烟洲渚昏。

贾舶樯竿多似戟，半川斜日小南门。

由彝陵返棹过磨盘溪

白云忽在乱峰西，江气连城晓欲迷。

离岸一声柔橹响，轻舟已下磨盘溪。

王柏心评：兴到之作。

云池阻风

萧疏篱落怅山家，取径荒堤踏浅沙。

闲向荷锄人问讯，豆苗暖放隔年花。

三更后风止，由白洋放舟东下

风微岸迥浪初平，夜静不闻篙橹声。

明月满篷人睡熟，中流自在任舟行。

秋夜不寐

灏气从西来，商声满天地。

金飙撼长林，纷纷木叶坠。

逝波鲜停流，羲轮无返辔。

萧瑟岁云秋，深堂鸣络纬。

荣华能几时，坐令颜憔悴。

挑灯起徘徊，中夜不成寐。

投林感倦禽，伏枥悲老骥。

岂为一枝谋，空怀千里志。

杳矣闻鸡人，着鞭复谁继？

王柏心评：陈思杂诗、阮公咏怀、射洪曲江、太白诸五古之遗。

追和胡廉舫京卿《游灵泉寺》原韵有序

彝陵小南门过江七里许，林峦竞秀，景趣幽深。山麓有澄潭一区，水清洌，深不可测，沁人毛骨，即所谓灵泉也。

仰视泉上，覆崖如华盖。空洞谽谺中，构梵宇数十间，点缀亭台，宛然图画。眺赏留宿，辄成和章。

危峰罩翠郁嶕峣，缥缈飞楼倚碧霄。

丹嶂作屏排洞口，白云曳带束山腰。

垂藤色老崖烟护，落叶声干径雪消。

见说灵泉清澈底，涤尘何处问仙瓢？

四哀诗

昔杜工部有八哀诗，盖为叹旧怀贤而作。今仿此意作四哀诗，追叙怀思，未敢妄拟长篇也。

故相国穆公鹤舫（癸未座师）

稀疏桃李不成阴，送别东风感易侵。

萧相图书今落寞，谢家门第久消沉。

海防镇静安边策，枢务襄勤报国心。

得遂初衣林下老，退闲终荷主恩深。

王柏心评：密勿赞襄，特笔表出。

故节相李公鹿坪

节旄十载历关河，一卧东山老薜萝。

鸾掖文章留泽远①，龙门声价感恩多。

望碑空忆羊开府，载苡偏疑马伏波。

为问章江兵燹后，墓门松柏近如何②？

故制军陆公立夫

拜表出师感慨同，泪襟千古痛英雄。

牙旗开府风云壮，铁锁沉江事业空。

契阔廿年成永诀，仓皇一死见孤忠。

几时华表归来鹤？望断云山惨淡中。

王柏心评：四句闵其事势之难，第六语谅其志节之贞，质诸海内，孰不谓公论。

故相国柏公静涛

碣石云沉暮角哀，苍松莫问转徘徊！

争传圣诏开秋榜，忽报文星入夜台。

---

① 原注：谓东原前辈。

② 原注：公曾任两湖、两粤总督。

白昼叫阍谁表疏？黄扉隔世已尘埃。

蓟门烟树频回首，宿草无因酹一杯。

王柏心评：意深词隐，读者自得于言外。

题《秋园行乐图》

夕云敛洲渚，野色多晴暄。

幽户拂丛桂，秋来花蕊繁。

溪流山下来，绿水环其门。

中有栖真士，僻处遗尘喧。

种菜锄烟径，种花在瓦盆。

胜概每相引，涉趣游芳园。

扶童可代杖，对客时开樽。

户庭有至乐，安知轩冕尊？

冬日过舫西四弟移居山庄

一抛泽国便为家，今日山巅胜水涯。

仙境壶中饶日月，樵歌谷口锁烟霞。

偎云老却无名树，饱雪开残不落花。

剪竹编茅随意好，山居犹得远嚣哗。

山中夜宿

芳序岁将阑，逢杯且尽欢。

篝灯一夕话，炉火五更寒。

松老风生籁，溪深雪满滩。

闻鸡时起舞，伏枕未能安。

书斋即事

绕篱瓜苦势纵横，割取秋根垄畔晴。

斜日半窗初睡起，短墙西角叱牛声。

秋日洋溪道上述感四首

日久废登临，溪幽偶一寻。

烟云舒倦眼，砧杵动秋心。

水抱丹阳迥，山连白帝深。

北来鸿雁少，音响渐消沉。

万里趋东势，江流倒峡来。
猿啼巴地尽，马蹴楚云开。
岁晚心犹壮，秋深景易摧。
东南余战伐，几辈上云台。

山盘五凤东^①，行入画图中。
古寺问明月^②，归樵歌晚风。
虬松经岁绿，乌桕饱霜红。
谷口人来往，仙源路尚通。

草径崎岖里，沿湖复此行。
炊烟村外散，落日水边明。
蒲柳质何补，松楸悲易生。
寂寥谁与晤？独自返柴荆。

王柏心评：四章雄浑遒劲，且逼浣花。

---

① 原注：五凤，山名。
② 原注：山下有明月寺。

暮春杂兴

节候春已深，浓阴暗桃李。

好雨晴更佳，欣欣物自喜。

兴言瞻绿蒲，负耒从兹始。

农事满东皋，操作及妇子。

耕凿岂不劳，差幸遂生理。

远声何处来？悠扬田歌起。

一饱有余欢，香送麦风里。

王柏心评：真澹闲适，自然近陶。

述　怀

鸟鸣任天籁，何必繁笙歌。

花发本天姿，何必纷绮罗？

凡物贵自然，真机鼓太和。

春气日以深，生意足婆娑。

我有一亩园，点缀不在多。

携筇每孤往，载酒时一过。

欣然偶有得，兴至自吟哦。

但使净心境，此乐复如何？

卷七　剑峰归云草

张贻堂嘱题其尊甫怀愚先生《琴鹤图》遗照，时将北上

君家绘此图，嘉庆岁庚午。

忽忽五十年，我今快披睹。

遗墨暗云烟，苍翠莽林坞。

百尺森长松，枝干一何古。

朱栏缭而曲，高轩瞰芳圃。

其中有仙吏，白皙秀眉宇。

坐石意潇然，闲与琴鹤伍。

手种桃源桃，阴成被下土。

再种茶陵茶，沾溉利更普①。

最绩著烦区，历历皆可数。

驾言归去来，飘然志遐举。

赋闲且命车，瑕丘道非阻。

有子观政成，咏事纪三辅②。

风流今未替，世泽绵簪组。

---

① 原注：公历任桃源、茶陵等州县。

② 原注：公冢嗣伯盟刺史官开州时，公有《瑕丘纪事》诗。

行矣君勉旃，家传有治谱。

秋日感事二首

薄宦三十年，清平忝惭禄。
一自返故园，时事多感触。
盼望试登高，四域何矗矗！
江海多波涛，烽火殷山谷。
东南靡宁岁，生灵罹荼毒。
金陵穴蛇虺，姑苏走麇鹿。
荆棘莽千里，惊尘蔽远目。
至今淮阳间，白骨委川陆。
州郡坐沦陷，强半未收复。
扶危仗英奇，我辈终碌碌。
安得上将才，用兵如颇牧？

严霜厉素节，王师戒东征。
凉秋八九月，惊飙卷埃尘。
矫健有飞将，铁骑出重城。
千帐云连阵，九天雨洗兵。
旌旄蔽原野，壮士志横行。

過師枕席上，長驅無稽程。

豈不冒危險，涂炭極民生。

困兽殲封豕，穷鳞屠怒鲸。

妖氛一荡扫，乾坤为肃清。

凯旋应计日，麟阁标英名。

王柏心评：伉健英壮，似仲宣明远。

松滋十景有序

松邑旧传八景，今存唯月岭残阳、莱洲霁月、剑峰丹鼎、栖云龙窟、苦竹甘泉，若灵济晓钟、一柱蓬莱，虽经重葺，已非旧观，而江亭晚钓坍卸入江，更无故址可寻，仅存其名而已。唯治南八十里有程子山，土名犀牛山，相传明道先生讲学于此。又西数里有文公山，亦传晦翁守潭时路过，读书处洗墨池犹在焉。先贤遗迹亟应表彰。今拟于八景之外，增犀山晴雪、墨池春烟，合前共成十景。地以人传，庶为名山增重云。

月岭残阳

滨江峻岭势回环，紫竹苍烟缥缈间。

月子弯弯形宛肖，恰宜落日半衔山。

莱洲霁月

寒烟疏柳带荒洲，古月曾经照岸头。
夜霁只今秋水上，璧光依旧印双流^①。

江亭晚钓

草亭何处访江皋？垂钓无人岸寂寥。
短笛一声天欲晚，斜阳终古送波涛。

灵济晓钟

一杵蒲牢晓梦惊，霜天响彻大江横。
寺门船泊姑苏客，道是寒山夜半声。

剑峰丹鼎

仙踪偶尔驻尘寰，一去辎軿不复还。

---

① 原注：洲踞二河分流之间。

宝剑光沉丹灶冷，白云洞口古禅关。

栖云龙窟

起龙山底有龙吟，万壑千崖窟宅深。

应恐龙多栖不住，飞腾看取作甘霖。

苦竹甘泉

昔黄山谷在蜀曾遗笔于水，后寺僧汲井拾得，著土
复生。

斑管重生竹几丛，虾蟆碚下井泉通。

欲知苦尽甘来意，此理分明在个中。

一柱蓬莱

同治庚午诸堤溃，庞家湾庙倾圮无存，改建新寺非复
昔日宏敞矣。

梵宫一木忆曾支，世事沧桑感旧时。

为问少陵眠去后，何人江上更题诗①？

---

① 原注：杜工部有"一柱观头眠几回"之句。

犀山晴雪

犀山讲学记当年，坐罢春风岁序迁。
门外雪深知几许，道尊不独有伊川。

墨池春烟

春水和烟一镜开，犹疑蘸笔落松煤。
从今多少青云客，看取濡毫凤沼来。

赠老友张东升

少壮能几时？鬒发已如此。
岁月不可留，川流如去驶。
旧日人零落，九泉谁能起？
聚处惟有君，相距不盈里。
叩门无晨昏，过从未有已。
我老君亦衰，差幸健步履。
邂逅①君倾荆，趋迎我倒屣。

---

① 逅，底本为"逅"，疑抄录之误。

白首不复离，徜徉乐乡里。

读《东晋志》杂咏四首

王茂宏江左元勋

新亭哭得退兵无？举目山河景不殊。

漠北蒙尘终愍帝，江东佐命有夷吾。

逆凶授首能戡乱，哲后推心可托孤。

大义灭亲余壮节，怒涛依旧满芜湖。

陶士行卅载忠勤

夜排阊阖梦曾登，健翼摩霄第几层。

鱼鲊寓书增感泣，龙梭破壁兆飞腾。

惜阴每廑疆场虑，平乱何惭柱石称。

王乐风流成底事，持盈晚节倍兢兢。

王景略屈身苻秦

三秦豪杰肯谁推，偶傥名高北海隈。

扪虱自谈当世务，从龙何愧古人才？

运矛将佐平燕会，拾芥功名破蜀来。

正统心犹存晋室，临终一语志堪哀。

谢太傅破贼淮水

秦兵百万势难支，坐镇元戎有妙施。

半壁山河延国脉，八公草木助王师。

断流呜咽投鞭日，过户欢欣折屐时。

破贼等闲儿辈事，手谈一局付围棋。

丁午桥孝廉以尊翁春畬先生《负米读书图》见示，感赋长句

开图泪下不能止，故人一别长已矣。

岂知遗迹留人间，画舫千秋此孝子。

犹忆握手春明春，心醉从饮公瑾醇。

萧斋论文樽酒频，过从哪计夕与晨。

为说当年读书苦，入室横经出服贾。

禄养升斗嗟未能，索米长安竟何补？

燕郊七月秋风凉，二竖无端入膏肓。

余往视之形羸尪，伏枕呜咽泪汪浪。
参术无灵君竟亡！一舸送君还故乡。
但闻遗文满箧笥，空说画幅留门墙。
中间人事更沧桑，塞鸿江鲤两杳茫。
翩翩公子忽造堂，难兄难弟鸾与凰。
唤我为叔肃礼拜，捧出图卷神凄伤。
题者粲列纷琳琅。
我与君交不泛常，言之不足言故长。
呜呼，
君今去世三十有一载，星离云散节序改。
偶然写景入江天，依稀中流人宛在。
树历历，草萋萋，汉上烟波杳如迷。
但得此图昭世守，要与崔笏范砚流传同不朽。

夏初自郡城归，舟经毛家尖溃口作

郡廨羁弥旬，辕驹苦拘束。
出城一萧散，旷然悦心目。
况值清和天，兰皋散芳馥。
好风从东来，蒲帆展数幅。
望望近虎渡，雨洗垂杨绿。

嗟自决江防，人命委鱼腹。

嗷嗷多哀鸿，旧业卒难复。

府中昨有令，刻期兴畚筑。

岂不惜民瘼，为时毋乃促！

谷雨节已过，桃涨浪尤毒。

人力既难施，何如待秋熟^①？

一劳冀永逸，为我语贤牧！

秋日闲居

郊原暑气薄，金风初扇凉。

寥寥远天静，野景何苍茫！

结庐对西山，门径俯芳塘。

环岸翳深翠，团团荫重杨。

是时雨新霁，秋日澄清光。

群蝉噪林薄，晚稻齐登场。

前村赛社罢，箫鼓送夕阳。

而我独闲逸，顾此意彷徨。

田家终岁苦，良士戒无荒！

---

① 原注：向例，十月开工，次年二月告竣。

乙亥人日作

杜老昔年客剑阁，远思故乡情寂寞。

高子题诗寄草堂，梅花香里人日作。

我今却忆故园梅，入春七日春意催。

寄语家人休漫猜，梅子黄时我归来。

谷日喜晴

入春七日日风雨，空亭兀坐了无取。

今日谷日天放晴，日光满室春如许。

春寒词

一春强半滴春愁，连日阴沉雨不休。

天遣迟青杨柳色，不教少妇悔登楼①。

---

① 原注：翻用王昌龄"忽见陌头杨柳色"句，各有其妙。

先母程太恭人，由枝江洋溪迁葬白泉寺祖茔侧，今已逾十载矣，明发不寐，怆然有怀，因成绝句

三尺荒坟依祖茔，地灵耳熟白泉名。

荒山废寺无寻处，终古松涛呜咽声。

范恭人亦附葬白泉寺祖茔西隙地，意在便于香火，地之佳否所不计也

孑然孤坟祖茔西，马鬣封高碑与齐。

有弟南山木自拱①，鸰原盼断草萋萋。

本年二月二十五日，为舫西贤弟六十大庆，以道远不便，制锦将过寄贺，以志怀念

同气连枝第五人，生平烂漫禀天真。

---

① 原注：恭人同胞唯一弟范介眉公，生前随任来南。姊弟相依为命，顷刻不离。殁后葬于杨家冈恭人墓侧，大非乃姊之意。

宦罢起居甘僵蹇，老来涵养见深醇。
青春屈指将三月，绛甲从头又一轮。
对床风雨期非远，待踵华堂祝大椿。

留别桐儿三章

我已无亲侍，儿今转别亲。
牵衣游子泪，系组宰官身。
浅涨浮归艇，垂杨暗去津。
从今林下老，仍作倚门人！

保赤无他术，心求总一诚。
服民原在德，听讼要平情。
六计廉为本，终身恕可行。
十年曾养气，休负读书名。

未到临民日，须防莅任时。
读书兼读律，求友更求师。
集益谦终吉，丛愆悔已迟。
和平征学养，先哲不吾欺！

得桐儿署龙阳县信，喜而赋此

正忆诗成夺锦标，忽闻捧檄到儿曹。

红开笑口舒梅蕊，碧泄春光上柳梢。

梓里半年嗟远别，花封百里宠新叨。

为民父母从今日，洁己休辞抚字劳！

咏　史

建文出亡纪事本末

快雪晴日烘窗纸，萧斋无事读明史。

太祖末年志骄盈，大封亲藩制太侈。

建文议削诸王权，尾大不掉独燕邸。

周岷湘齐次荛除，未几靖难兵戈起。

燕师寻入金川门，千官迎降纷如蚁。

成王不复见周公，缁衣遁从地道里。

随亡诸臣不欲多，约定左右三人耳。

应能希贤两比丘，其人送入日程济。

昨日主臣今师弟，远在滇南天万里。

惊尘满面逐飞蓬，落日半肩担行李。

南走衡湘有戒心，西游巴蜀无定址。

其间三至史彬家，往来吴头与楚尾。

乾坤到处可为家，江汉终年只流水。

吁嗟乎，

天命不常，流光如驶；帝易四朝，统逾五纪。

飘然白发已盈头，仆仆风尘未有已。

洎乎正统初改元，帝忽喜曰吾生矣！

决意东行遍留题，祸速诗狱良有以。

一旦诏械入京师，廷鞫将谓无生理。

讵料旧侍有吴亮，持踵痛哭见黑子。

老阉夕自经，大廷朝有旨。

迎入西内获没齿。

起视诸臣各星散，惟有程济从在此。

一个臣，不怕死，随亡与帝相终始。

自记： 建文逊国，从亡诸臣往来道路给办资粮者六人，谨侍左右者三人。永乐十年，杨应能、叶希贤两比丘相继物故，而栉风沐雨四十年始终不渝者，惟程济一人一结，特为表出可与日月争光！

寇准劝大驾幸澶州

契丹倾国寇澶州，忽惊御盖出城头。
欢声动地生灵幸，大力回天宰相谋。
释甲六军安社稷，折箠万骑肃貔貅。
一时专决排群议，南北弭兵三十秋。

韩世忠屡书乞罢

手书忠勇帝恩隆，骢马锦衣韩相公。
江上驻军穷兀术，蕲阳夹击走刘忠。
岳家大狱成三字，宋室中兴第一功。
百战归来驴背稳，只今湖上仰高风。

韩魏公琦奏请曹太后还政

慈圣恋权政未归，依然咫尺凛天威。
两宫构隙将谁咎，三世敦忠似此稀。
正笏垂绅关素养，决疑定策在当机。
鸾仪放杖帘方落，犹见御屏太后衣。

宗泽与金人屡战皆捷

汴围不解奈金何，副帅提军感愤多。
割弃忍忘三镇地，奔随痛哭六宫娥。
功先诸将频摧敌，力过群谋不买和。
临卒连呼寒贼胆，毅魂犹壮宋山河①。

岳武穆奉诏班师

黄龙痛饮事垂成，十二金牌诏罢兵。
南渡河山余半壁，中原旗鼓失长城。
已甘区夏称臣妾，安得官家有父兄？
勠力十年隳一旦，不堪痛哭两河声！

刘锜大破金人于顺昌

索靴上马拥旌旄，兀术阵前披白袍。
女直众皆重铠甲，颍河忽献五浮桥。
砍营雨夜谋兼勇，休士炎晨逸待劳。
十万贼兵伤殆尽，大威从此慑南朝。

---

① 原注：泽临死无一语语及家事，连呼"渡河"者三。

自记： 宋中兴诸将先正皆以张、韩、刘、岳并论，然名并而实不并也，故未能全录。

壬申八月三日，喜得桐儿湘门书作，即以寄示

一从芳讯隔，荏苒忽秋深。

望眼穷千里，来书抵万金。

念群离雁意，舐犊老牛心。

两字平安报，开缄喜不禁。

自县城归，夜过稻谷溪

暝色苍然望欲迷，虹腰宛转亘长堤。

搴帷省识石桥路，灯火分明稻谷溪。

九日游剑峰寺题壁

绀宇临丹顶，寻幽一径斜。

菊篱重九节，茅屋两三家。

落帽惊头秃，涂墙笑眼花。

长廊钟鼓歇，缓缓泛归槎。

哭郭子徐

殁于壬申十月，余年七十有七。

当年甥馆款娇宾，一别河梁十六春。

头秃泰山无恙在，阿萱^①竟作未亡人！

除　夕

今夕知何夕，迎年复送年。

梅花开烂漫，爆竹响喧阗。

户贴宜春字，人分压岁钱^②。

愧无临别赠，薄祭有诗篇。

---

① 原注：六女乳名寿萱。

② 原注：楚俗除夕，家老给儿孙钱，名为"压岁"。

后园山茶正杪始开

不应梅独让南枝，一例山茶有早迟。

小圃即今初试朵，滇南看遍已多时。

癸酉六月朔日席上作

去年生日曾避喧，夜半钟声宿祇园。

今年生日慵远出，杜门高卧湖上村。

人生快意几生日？离群索居多忧烦。

樑儿需次在鄂渚①，桐儿匏系羁湘门。

梾儿负笈方远出，绕膝惟怜少子根。

堂前拜舞随阿姊②，次第称觞到乳孙。

今日之日且为乐，一家笑语胜春温。

但看年年作生日，榴花如火开正繁。

---

① 原注：试用训导。

② 原注：二女在家。

冬青树行有序

冬青，即旱蜡树。杨外舅宅西旧有冬青树一株，每送我至此立语。移时今相距六十载矣！因路过偶经树下，已就槁矣，良用慨然。

召伯昔分陕，或舍在甘棠？

遗爱及其树，蔽芾不忍伤。

由来情所钟，积久未能忘。

惜昔我过门，坦腹忝东床。

往来冬青下，爱此树阴芳。

芳阴已衰歇，世变几沧桑。

安知六十载，重来馆甥堂。

室是人已非，感此意彷徨。

昔日青青树，枝摧老且僵。

依依送别处，四顾但苍凉。

我年行八十，怀故犹凄怆！

重游泮水诗四首有序

余于嘉庆十八年癸酉春，蒙鲍宗师觉生夫子取入县学，时年一十八岁，今六十年矣！泮水重游较之重赴鹿鸣、琼林者固大有区别，然绛甲一周，芹香两度，亦艺林之佳话也，因赋七律四章以志韵事。

　　名场早岁着先鞭，回首春风六十年。

　　灯火三更萧寺夜①，莺花二月郓城天。

　　临期预兆同人梦，备数旋充弟子员。

　　庭训迄今犹记忆，文章后幅胜前篇②。

　　洞启龙门锁院开，应名窃喜附群才。

　　及时跃鲤河腾浪，出地惊人雨挟雷③。

　　雁带行声方北去，人传坐号有西来④。

　　掀髯一笑重闹乐，百尺修桐今始栽⑤。

　　杨花朴朴水边村，吾爱吾庐且避喧。

　　子夏门人惟进退⑥，文强家学自渊源。

　　四朝豢养幸恩泽，一卷生涯付子孙。

　　留得春毡无恙在，竹山遗泽至今存⑦。

---

① 原注：时先大夫设帐毛家庙，余自束发受书以至通籍未尝稍离庭训。

② 原注：先大夫阅首艺至比决其必售。

③ 原注：是夕雷雨交作，诗题为雷以动之。

④ 原注：临发案时，龚峻山先生送信来，谓亲见有西来堂号云云，知为余坐号也。

⑤ 原注：时先大父在毛家庙权馆，闻信大喜。

⑥ 原注：是考四书，题为"进退"二字。

⑦ 原注：先曾祖方东公为竹山训导。

十四人中最妙龄①，而今鹤发不还青。

文章撰述留鸾披②，诗礼流传在鲤庭。

世事夏云多变幻，故人秋叶半凋零。

林泉老我容闲过，博得春芹两度馨。

癸酉七月晦日，得陈外甥吉泉明经凶耗志痛一首

风雨凄凉寄鄂垣，盖棺事了不须论。

鳌头几辈期登榜，鹤发终朝自倚门。

里第此身空结想，云山何处可招魂？

渭阳诵罢惟增痛，行酹灵前酒一樽。

惜　花

绛英满树灿春霞，碎锦纷开点点葩。

又被东皇收拾去，残红飞过短墙花。

---

① 原注：同座十四人。
② 原注：余备员翰林时，曾充本衙门撰文。

春日柘绿山房遣兴

万松围绕影森森，鸟啭春风送好音。

且喜太平无一事，青山闲煞老词林。

溪上散步

望里湖光一片遥，山头飞凤尚能招。

何年梵宇依云岭？终古溪流锁画桥。

出户书声闻朗朗，隔林樵唱起迢迢。

会当须作移家计，柘绿阴浓兴自饶。

萧斋自题

杜门二十载，白云满头颅。

离乱经多故，疲顽自老夫。

推窗闻鸟语，扫榻学僧趺。

开卷古人在，犹然德不孤。

卷八

湘中纪行草

甲戌四月四日偕秦恭人送大孙女于归湘门作

故园息迹自年年，老我无端上客船。

故里儿孙劳远送，他乡骨肉喜重圆。

烟波湖上携莱妇，书画舫中有米颠。

此去原知非久别，青山回首亦流连。

初五日早发胡家嘴

浮生多感阅沧桑，眼底波涛水作乡。

尽有垂杨丝袅绿，更余割麦穗飘黄。

全家载舫渔人乐，远岸衔泥燕子忙。

北涨未消南涨起，船头一望总茫茫。

舟过公安

故园西望路漫漫，巨浪浸天水势宽。

占断名城芦苇满，孤亭遥指是公安。

泊焦圻

港关直出水南流，行过荆州即澧州。

野渡绿杨三汊口，疏蓬细雨五更头。

黄山迢递幽人宅①，白屋倾欹古寺楼。

四十一年重到此，船头问讯小勾留。

中秋对月

一片流云吐月华，满庭风露客星沙。

关河照影三千界，灯火连辉十万家。

故里秋高来白雁，空阶雨过见黄花。

何当决计乘归兴，直上张骞八月槎。

① 原注：老友邱松泉居山下。

哭侄倬章先生

犹忆河梁别，相离甫半年。

寡言惟我谅，多累有谁怜？

大梦随秋蝶，余哀咽晚蝉。

客怀正寥落，思尔泪潸然。

秋日漫兴

小院秋深气已凉，西风动桂袅余香。

闲门尽日无车马，坐看垂帘下夕阳。

重阳欲游岳麓不果，雨后约同陈朗轩明府登天星阁作

重阳信佳日，毋乃时序迁。

薄游怅不遂，兀坐如枯禅。

适来同心友，顾我良惠然。

小雨飞乍止，乘兴命竹筏。

呕轧行过市，扰扰人摩肩。

问我当何之，高阁标城堧。

翘首见飞甍，层楼矗云天。

健仆掖我上，眼界穷大千。

肇锡有佳名，象纬逼星躔。

俯视尘寰小，块圠茫无边。

轩窗面面开，凭眺恣流连。

翳余爱山游，岳麓期屡愆。

及兹入眼底，横亘城西偏。

连山凝紫翠，叠岭横苍烟。

神往迹却阻，北流隔湘川。

何当逢晴霁？一遂攀跻缘。

先大夫附葬逻堂祖茔旁，南向磨市，梦寐间得截句，急起录之

荒原连冢剑峰西，东亘长虹旧筑堤。

带水盈盈秋自绿，垂杨绕市古盘溪。

即事遣怀

客里思乡日抵年，萧萧华发坐盈颠。

易衣迭出怜儿苦，推屋权居感主贤。

终岁登场看傀儡，几人得意喜飞骞。

茫茫宦海人无限，岸在汪洋何处边？

湘南望家书

老友二三怅久违，湘中淹滞竟忘归。

化龙津上书来远^①，回雁峰头信到稀。

梦里青山方结想，霜前黄叶已争飞。

何时假得东风便，饱送蒲帆返故扉？

九月二十四日恭送曾沅甫九宫保应召北上

钦奉诏书万里行，从容揽辔志澄清。

---

① 原注：时儿辈方考试。

一门侍从推英俊，千载遭逢值圣明。

裴度暂归游绿野，谢安再起为苍生。

公余退食如思旧，好向荆南远寄声。

宋小墅①方伯予告归里，湘门把晤喜作

九华先后寄萍踪，卅载湘门喜乍逢。

开府羡君曾建节，游山老我漫扶筇。

宦情已似秋云淡，交谊偏于旧雨浓。

杯酒殷勤投辖意，江头解缆且从容。

十月二十三日郭筠仙中丞相继应召北上后此送行

一纸诏书下凤城，风帆万里此长征。

大苏入对关知遇，小范藏胸有甲兵。

九曲黄河云外落，千山红叶画中行。

近闻海岛鲸氛息，定卜连圻荷宠荣。

---

① 原注：延春，奉新人，癸巳教习门生。

曾文正祠堂落成，郭筠仙中丞、曾澄侯都转、张力臣约同、李次青元度、朱宇恬昌霖、黄子寿瑜、李仲云概、王鼎臣定安、任芝田鹤年，主凡八人，援司马温公之例，集同人年高者，为九老会，于甲戌十月二十三日宴集祠中。席首杨紫楼训导白元，年八十一；余次之，年八十；熊鹤村光禄署正兆松，年七十四；唐荫云布政际盛，年七十二；罗研生内阁汝怀，年七十一；黄海华道台文琛，年七十；杨性农兵部彝珍，年六十九；易海清内阁俊堂，年六十四；杨海琴道台文翰，年六十三。宾主共十七人，礼成而退，歌以纪之

吾闻宋有名臣文彦博，历仕三朝退居洛。

梓里尚齿不尚爵，公年七十七岁犹矍铄。

是时致仕司徒富，韩公名位亦与潞国同。

就第置酒喜相逢。

以次大书某某公，名园古刹相追从。

惟有司马温公名最次，者年时方六十四。

非为潞公重其人，儿童走卒知名字。

画师郑奂能写真，须眉皓白各入神。

履道里中有故事，今人何必逊古人？

吾皇御极十三载，湘中勋名冠四海。

一时雅集援耆英，主人八俊皆知名。

小春天气烂漫晴，赏心乐事四难并。

座中元恺多亲故，我来叨备九老数。

谁欤殿者郭筠仙，先期鸣驺催上路①。

君不见，香山之会亦偶然，会昌佳话至今传。

者番重结文字缘，兰芷芳馨罗诗篇。

留题祠壁付雕镌，不数唐时白乐天。

为张力臣题《游岳麓山图》

直从画里得奇观，累展游期兴未阑。

云麓插霄三界近，霜天落木万峰寒。

六朝松古和烟瘦，百雉城高隔水看。

揽胜会当春霁日，振衣长啸上层峦。

---

① 原注：应召北上。

甲戌六月，余就养来湘，承同乡暨桐儿
寅好诸公谋制锦，为余预祝八十寿辰，
辞不获命。宠礼逾涯，揣分奚当。自顾
春秋，老何能为？回思往事，振触良深。
今忽忽又及冬矣。晴日烘窗，萧斋无事，
补作七律十章，聊以自述云耳

一自投簪归去来，行年八十秩初开。

拙难逢世贫何病，壮不如人老更呆。

世事惊心陵谷改，光阴回首鬓毛摧。

芳筵赢得清香满，折取荷筒作寿杯。

避喧溪上守柴扉，宗悫乘风愿竟违。

家近青山三面绕，我先白傅一年归①。

曩时游钓犹全记，故里人民已半非。

太息乐乡成泽国，破残何处有完围②？

鸡黍当年莫逮存，不遑将母慰晨昏。

三年报政未朝阙③，万里伤怀空倚门。

---

① 原注：白太傅以五十八岁解组，余归时年五十七岁。

② 原注：湘南谓坑为围。

③ 原注：迤南边俸报满，批折：无庸来京。

洱海瘴深风木恨，剑州道险雪泥痕。

匆匆远宦成何事，愁听归舟两岸猿①。

人生得意几芳年？老去多情倍黯然。

白首偏难忘故剑②，朱丝空自续前弦③。

漫云精卫能填海，争道女娲可补天。

冬极阳回春更暖，迟生瓜瓞自绵绵④。

爱读西堂梦里诗，比来依旧草生池。

抱惭棠棣情何限，叹失桑榆悔已迟。

回首不堪多难日，垂髫最好少年时。

客中更易增离感，风雨连床系我思。

烈心未已忽高歌，屈指生平唤奈何！

中岁功名徒道路，余生踪迹涸干戈。

竹林悼旧从游少⑤，柳絮怜才感慨多⑥。

二十三年呼负负⑦，惟期将寿补蹉跎。

---

① 原注：川南任内，不久又以丁外艰归。

② 原注：谓原配杨恭人。

③ 原注：谓继配范恭人。

④ 原注：榢、桐、棌、樑四子皆秦恭人出。

⑤ 原注：谓心泉、汝舟、倬章任等。

⑥ 原注：六女存者仅半。

⑦ 原注：余自咸丰壬子归回，于今二十三年。

寅僚谊美合枌乡，子舍公然奏彩觞。

甥馆①迎薰开昼锦，仙曹连日咏霓裳。

登楼作客同王粲，举案如宾有孟光②。

客地且饶团聚乐，满帘花影日方长。

桑榆补过古人情，回首东隅只自惊。

宦历三朝惭俗吏，图成九老愧耆英③。

兴来拈撚吟髭断，时晚空嗟髀肉生。

一事差强天假我，蝇头作字眼犹明。

坎止流行任自然，萧斋镇日抱残编。

半生偃蹇甘人后，一寿康宁占福先。

娱老麓完婚嫁累，贻宗深望子孙贤。

坦怀息虑安心法，物外逍遥可驻年。

促装依旧返乡间，养舍经年志未舒。

典尽春衣游子膳，收存敝篚故人书。

风高好送云归窟④，雨足行看水到渠。

---

① 原注：时八儿馆于唐府。
② 原注：时余夫妇偕就养湘中。
③ 原注：甲戌冬初，湘中集文人年高者为九老会，宴于曾文正祠，叙齿列居第二，人各赋一诗，图形祠壁。
④ 原注：栖云龙窟为松滋八景之一。

千树桃花三尺涨，湘兰满载^①赋归欤。

原跋：八十自述诗已成九首，犹有一首未作，意盖有所待也。今春归期已迫，倚装抒怀，以足十首之数云。

除　夕

绕阁梅花映雪明，响沉街柝坐更深。

半年小聚谁宾主，一夕中分自送迎。

红火围炉游子意，白头揽镜老人情。

故乡何事关怀切，近市通宵爆竹声。

读《张太岳集》书后

干济存乎才，才大反招忌。

控驭存乎权，权重反取戾。

伊昔张江陵，柄用当明季。

主少国方危，君威日以替。

---

① 原注：归舟所载者，惟湘兰数盆而已。

江陵尊主权，为国任劳勚。

仰承顾命重，嫌怨所不避。

宁负刚愎名，不受人牵制。

所据诚危险，岂不自为计？

惟冀殚忠猷，一吐胸中气。

方其有为时，讵为后悔地。

首陈帝鉴图，经延日讲肄。

次则严考成，又次抑近侍。

极力在撙节，裁省及服御。

一一核名实，施行有次第。

中外用凛凛，争为奉法吏。

慨然揽大政，国强富以治。

太仓支十年，积金充囷寺。

海内既肃清，边外亦宁谧。

咸谓宣孟忠，犹将宥十世。

无何骨未寒，祸不旋踵至。

时议方藉藉，举国若狂吠。

夺牛罚已重，系累及后裔。

所幸公道存，日月无终晦。

大业在天壤，千秋有定议。

试方古名臣，房杜与丙魏。

读明末《绥寇纪略》，有感于大同镇总兵曹文诏，战殁于真宁湫头镇作

喋血两河大将风，崎岖百战累奇功。

全秦手挈还天子，每战身先有总戎。

赏不酬劳置闲散，贼因挺解养枭雄。

一自渡河时事棘，流寇与明相始终。

金世宗葬宋钦宗于巩县

道君梓宫返钱塘，渊圣皇帝死他乡。

四十五年空断肠，谁为驱车送北邙？

中华无土可埋藏。

至今巩原上，秋风夜夜号白杨。

姚宋并为开元贤相

姚崇善应变，几务以之成。

宋璟善守文，政令以之行。

执性虽不同，唯以道为衡。

叶心勤翼赞，刑措致太平。

开元论贤相，姚宋可齐名。

今上御极，奉部文准行光绪元年恩科喜作，即以寄示诸儿

观书灯下眼犹能，论到文章气倍增。

喜我康强跻上寿，期儿显达赞中兴。

旌旗勉竖登坛将，衣钵流传退院僧。

好趁庭闱双健在，九霄云路看飞腾。

卷九

翰林馆课

民生在勤

帝念民依切，谋生计最殷。

图丰常虑匮，戒逸在崇勤。

能事程千百，光阴惜寸分。

杏田春课雨，麦垄夏锄云。

其获防朝露，于茅趁晚曛。

车牛同服力，丝茧亦劳筋。

瞢更偷闲运，膏还继晷焚。

楚书资采择，圣训轶前闻。

木落远山多

不信群山隔，葱茏万木罗。

偶看红叶少，顿觉碧峰多。

绿减明松坞，红稀认竹坡。

数丛新剪翠，千点旧堆螺。

赤壁秋初到，沧江水始波。

林边声断续，海上势嵯峨。

鸟去丹枫径，人归白石窝。

蓬莱登望好，秋景快吟哦。

天寒有鹤守梅花

画景兼诗景，荒寒景绝嘉。

蹁跹来鹤子，黯淡傍梅花。

竹外清香袅，林边絮语哗。

春风凭管领，落月共横斜。

冷护云三径，凉添水一涯。

缟衣新伴侣，白板故人家。

烟火因缘结，冰霜岁月赊。

终期调鼎鼐，凤阙灿仙葩。

柳桥晴有絮

柳色前川路，长桥复短桥。

几番惊絮舞，数缕杂烟飘。

暖雪捲千点，晴虹卧一条。

红随花担去，绿傍酒旗摇。

桃涨翻前渡，萍茵化昨宵。

低萦鸦背乱，碎踏马蹄骄。

南浦春三月，东风话六朝。

皇都芳序早，骀荡景偏饶。

秋日悬清光

望远清无际，悬空日影浮。

高涵三岛阔，朗挂一轮秋。

素魄明如洗，凉晖淡欲流。

满天晴有色，灏宇碧于油。

到处惟虚耳，看来得迹不①？

云华千里净，雾縠四围收。

---

① 原作"否"，应作"不"，前者属上声，后者在平声尤韵，故改为"不"。

色相澄中界，光辉彻上头。
好山凌绝顶，帝阙迥凝眸。

伍子胥芦中渡

将军岸上呼，仓卒夜奔吴。
急鼓江心棹，深围渡口芦。
秋风双鬓短，暮雪一帆孤。
摇落怜穷士，殷勤仗老夫。
边声惊鼓角，晚饭饱菰蒲。
古剑酬三尺，扁舟发五湖。
关山辞故国，旌旆指前途。
去去频回首，苍茫夕照铺。

分秧及初夏

廿四番风过，良畴及夏芳。
西郊刚刈麦，南亩又分秧。
似罫平铺垄，如针细擢芒。
拾来青满握，插去绿成行。

叠鼓咚咚急，穿泥滑滑忙。

鸭头翻远涨，马背渡斜阳。

雨笠烟蓑外，长阡短陌旁。

宸衷勤稼事，乐岁卜金穰。

山鸡舞镜

一片空明里，珍禽舞自闲。

呈形刚在镜，悦性本宜山。

延颈怜文绶，回头认翠鬟。

偶随风缥缈，恰对月弯环。

泻影斜兼整，梳翎往复还。

向人新品藻，顾我旧容颜。

玉朗金辉候，鸾翔凤翥间。

飞鸣符圣瑞，蓬岛领鹓班。

心正则笔正

进谏从搁笔，求端在正心。

六书推柳骨，一语见葵忱。

法自兼三昧，衷先秉四箴。

舞来曾看剑，悬处定侔针。

倒薤藏锋古，邪蒿示戒深。

志如防矢鹄，帖或仿来禽。

立表情常肃，飞毫势不禁。

苍生均锡福，宸翰式文林。

文翰洒天机

孰擅雕龙手，文坛任扫挥。

玲珑空俗韵，潇洒本天机。

春思泉争涌，秋词露迸飞。

高怀余落落，妙想入非非。

涤胃砂痕净，探喉玉屑霏。

心花纷杼轴，意蕊灿珠玑。

缥缈凌云气，聪明净雪辉。

蓬山惭珥笔，染翰傍彤闱。

夏山如滴

万仞嶙峋势，苍苍对夏山。
笑时怜石齿，滴处认烟鬟。
涧草侵泉润，崖花点露斑。
浓如经雨沐，湿偶带云还。
遥落虹千尺，低衔水一湾。
苔岑滋绿意，莲岳洗红颜。
翠泼层峦外，岚生列岫间。
嵩呼符圣寿，扈从霭朝班。

先雨耘耤

几日分秧罢，田家又趣耘。
携锄当未雨，举锸拟成云。
桑土绸缪早，榆皋盼望殷。
红防泥滑汰，绿刈草芬蒀。
鸠语前溪唤，龙鳞远陌分。
长镵挥晓月，短笠荷斜曛。
甲子先期卜，丁男并日勤。
浓膏占渥足，观稼启南薰。

又怜春草自侵堤

又唱阳关曲，萋萋草覆堤。

连番苏野烧①，大半破春泥。

芽短双钩屈，丛深一剪齐。

青缘芳径外，绿引画桥西。

旧迹寻鸿爪，前程送马蹄。

池塘新水漫，巷陌夕阳低。

带雨痕犹浅，笼烟梦欲迷。

王孙归去晚，沿岸鹧鸪啼。

大厦须异材

谁将天下庇，广厦万间开。

栋宇非常任，楩枏不易材。

十年酣雨露，百尺壮楼台。

夏屋连云矗，春城倚日栽。

阙排双凤起，山压万牛来。

旧径辞蒿藋，新班列棘槐。

---

① 烧，这里读去声。

庙堂今负荷，岩壑久徘徊。

圣主旁求切，群伦仰化裁。

卷十

拾遗诗

月夜登松滋城

浮屠几级倚孤城，雉堞嵯峨古上明。

云扫九天铺月色，水倾三峡走江声。

秋来亭阁凉先觉，乱后关山感易生。

欲下谯楼一回首，茫茫积潦断堤横。

乙丑春日登郧城循览一周

郧公旧城大如斗，步上南城柳叶口。

四围废堞空周遭，半日历览循墙走。

罗星台旁西门西，城门堵筑为长堤。

遍地麦秀无高低，轻烟漠漠望欲迷。

迤逦北门势绝旷，湖水茫茫走雪浪。

朔风震撼城为倾，断矶一落三十丈。

岿然独峙有东门，门前大道古时村。

掘濠往往拾金镞，世事兴亡安足论。

吁嗟楚昭初出国，涉睢渡江入云泽。

仓皇避贼更遇贼，郧公有城住不得。

此城蕞尔阅沧桑，时代碑志偶能详。

有宋以来存后裔，僭号犹称郧宁王。

即今走马湖上路，曾记童时旧游处。

毛家庙后杨家阡，红棺深闷郧公墓。

烟云过眼空繁华，春去春来飞落花。

主人邀我饮流霞，东家醉酒入西家。

打鼓台前日向暮，认取归程临古渡。

烟波渺渺重回首，夕阳红遍城头树。

盘溪观龙舟竞渡

紫云宫前擂大鼓，乡人竞渡作重午。

灵均孤忠自千古，凭吊流俗遍三楚。

揭来观者如堵墙，万目睽睽引领望。

彩旗一挥百棹忙，踊跃直趋波中央。

一龙矫首牙爪张，一龙衔尾低复昂。

群龙奋鬣互腾骧，陆离五色生辉光。

金鼓嘈杂声铿铿，拿云喷雾纷回翔。

锦标一夺群披猖，旁观亦觉兴飞扬。

欢呼尽饮挥蒲觞，瓦篷深惊在绿杨。

庚午七月初五避水杨家冲，小住数日，复返故宅作

忆昔明天启，江右始来迁。

老屋近磨市，新宅居冈前。

聚族繁生齿，安居二百年。

同治九年夏，洪水势滔天。

堤决八九处，溃口相毗连。

民舍付波涛，百里断人烟。

鱼腹恣一饱，性命千万填。

大劫谅谁逃？吾庐岂独坚？

波浪排闼入，潋潋如流泉。

须臾满堂室，骤涨行及肩。

墙土化为水，十室无一全。

瓦解坤轴裂，震撼摧心魂。

漂泊难为计，相率入乡村。

尽室还徒步，狼狈相扶牵。

杨氏贤昆仲，邀遮意拳拳。

遂空所住室，安我屋西偏。

栖身得其所，残喘幸苟延。

炎暑且少留，摇摇心如悬。

林鸟恋旧枝，池鱼思故渊。

旧犬喜我归，摇尾如乞怜。

邻叟闻我归，笑语墙头喧。

入门何所有？瓦砾压墙垣。

升堂何所有？泥土污几筵。

开我东间阁，倾欹支断椽。

登我西间楼，离乱堆残篇。

朔风彻夜号，永夕不成眠。

室家既荡尽，人事且从权。

草草理旧业，庖厨营为先。

鸡栖与豚栅，琐屑不辞烦。

痛定一思痛，苟免良欣然。

但得家团聚，此外何求焉？

江南谣（同治六年事）

五月天旱稻无收，六月堤溃水横流。

上旱下涝忧难逭，官粮私债何以酬？

去年欠粮卖田抵，今年田价卖不起。

私债累累尚可以，官粮火急严追比。

七月初旬已开征，粮差奉票无稽程。

沿门酒食相逢迎，暮夜不断追呼声。

闾左饮恨情逼迫，东邻西邻走商策。

桑梓有家住不得，闻道江南已无贼。

垦有闲田旷有宅，逝将去汝适乐国。

自官垱河至刘市途中杂诗八首

故人招我作清游，乞得闲身兴自幽。

笑指西南天一角，秋烟点点簇峰头。

夕阳衰草路迢迢，小憩碑阴白鹤桥。

水碓无人沙自出，一秋断雨涨全消。

霜颜较比醉颜酡，点染山溪乌柏多。

照遍夕阳红不了，分明画里笋舆过。

行过龙潭别有天，喧阗小市簇人烟。

盈盈一带河流曲，三面青山两岸田。

路在苍崖缥缈间，云林深处访禅关。
行穷松下逢樵叟，为指清溪第几湾。

谷口谽谺昔到来，人家转户对山开。
槿篱蔬圃依稀记，白马泉头首重回。

神灵窟宅白云封，风雨秋深有蛰龙。
直到悬崖幽绝处，来听一百八声钟。

占断秋光十日晴，晓风残月数归程。
短长亭畔匆匆过，一路青山管送迎。

（以上十三首录自 1986 年朱厚宽选注《松滋历代诗
词选》）

卷十一

文章

麦浪赋（以"我田既臧以祈甘雨"为韵）

紫甸云连，青郊雾锁。晓色溟濛，清光澹沱。杨绾绿而垂丝，榴攒红而吐火。刚过卖饧天气，曲米醺人；又逢说饼光阴，来牟贻我。熟迎日至，蒸瑞霭之迷离；香逐风来，舞芳涛而袅娜。

方夫迎凉布种，乘暖芸田。金抽芽短，玉卷叶圆。乍葱芊而被亩，旋茬苒而横阡。隔岁藙苗，白压畦头之雪；侵晨擢颖，青摇垄畔之烟。连番之鸦嘴，锄来芳迷远陌；万顷之龙鳞，接处翠涌前川。

则见麦穗缤纷，浪痕彷佛。匝野涟沦，连陂荟蔚。疑竹溜兮倾才，讶松涛兮泻未？桃花乱扑，惊红涨以何来？菖叶低披，眺青畴而靡既。断港回汀而外，潋滟千里；脱棉舞絮之余，苍茫一气。

每当新霖洒润，薄霭添凉。霏微树色，黯淡村光。岸涨鸭头，细绉粼粼之绿；林穿莺羽，微分闪闪之黄。状若连而忽断，势欲抑而仍扬。认来野渡渔舟，傍柳堤而低亚；聚到烟蓑雨笠，卜桑土以允臧。

又若日丽槐村，风清柘里。路直如绳，湖平似砥。觇束缝之难摹，识潆洄之有以。沙鸥浴罢，三篙罗绮之波；社燕飞残，半剪琉璃之水。岂是湖□^①青草，橹唱频闻；居然浦漾红莲，秧歌间起。

乃有循郊薮，步林扉，憩芳荫，穿翠微。揽千畦之穤稏，惜一路之芳菲。广隰畇畇，叱乌犍而稳跨；平畴漠漠，惊白鹭以低飞。会看鱼旗同占，竞说秋场之筑；回忆鸡豚聚宴，早殷春社之祈。

已而确霜待举，镰月盈担。熟占西岁，庆溢丁男。载蕡车于陌北，催枷板于畦南。刈来桑柘，村前油油卷碧；拾去蘼芜，径里苒苒拖蓝。饭熟山家，釜口之新烟涌翠；酒香野店，瓶眉之宿酿流甘。

我皇上泽普遐方，恩周比户。务重三时，功修六府。志多稼于井疆，协庶征于旸雨。聆雉声之远雊，秀溢千塍；欣犠味之同尝，香登四簠。行见图呈瑞麦，敷美利于同民；还看颂上恬波，溥休风于寰宇。

原跋：道光六年丙戌散馆第三名。

---

① "湖"后原文疑缺一个字。

五声听政（以“禹治天下以五声听”为韵）

稽隆轨于姒王，缅休风于神禹。绍伟业以祇承，扩虚怀而进取。惟大德其有容，岂迩言之无补。取诸人以为善，启乃朕心；假于器而能传，置之天府。盖命敷四海，犹然就日而瞻云；而听用五声，奚啻移宫而换羽。

夫其勋隆水土，俭媲茅茨。一庭襄赞，四载胼胝。民则衢歌壤击，物则兽舞凤仪。讵有阙遗，烦谤木善旌之补救；偏多冲挹，劳蒉阶松栋之畴咨。政声寓于乐声，发人深省；偏听何如合听，助我平治。

教予以道，伐鼓圜然。鼍皮奏响，鹭羽生妍。乍惊心而坎坎，旋入耳以渊渊。试手三挝，轰青霆于云里；回头万点，飞白雨于日边。当启蛰以腾音，欢能动众；冀批鳞之告语，声可闻天。

撞钟胡为，以义告者。振玉声宏，浮金制雅。形存追蠡，两栾九乳之间；响奏铿鲸，三纪六平之下。嘈呕而上达九阍，镗鞳而下闻四野。义明且断金，则取其刚焉；义浑而赅铺，以言其大也。

即事敷陈，惟铎是以。金舌齐喧，木音间起。风前递响，如闻远柝千声；日下输忱，讵隔君门万里。道有资于省身，言何虑其逆耳？昔循道路，借规谏于遒人；今振宫庭，严提撕于君子。

何以写忧，磬声为主。质美天球，音传雷琥。仰帝室之九重，去天威兮尺五。忧先于事，思帝业之艰难；忧主乎民，念群生之作苦。述随刊于八载，兢业如传；聆戛击于层轩，勤劬宛睹。

鸣韶次及，狱讼以平。不丝不竹，非管非笙。振雉门而韵远，环象魏以音清。韶与鼗通，偏具求言之意；鼗原鼓属，如闻敢谏之声。大德好生，期用辟以止乎辟；嘉言罔伏，因善鸣而假之鸣。

是盖取善无方，求言靡定。欲广益而集思，必兼收而并听。政不令而自从，声有响而斯应。况我皇上，恺泽旁流，虚怀远胜。五方向化，群效悃诚。五服同风，先祛巧佞。所由得人而理喜，德产之充庭。讵惟恭己以临矜，智珠之照乘。

菊影赋（不拘韵）

萧骚秋色，黯澹秋花。秋风昨夜，秋思谁家？尔乃晚翠舒芳，新丛吐颖。幽傍竹篱，瘦依藻井。露弹光寒，烟笼香冷。郁郁芬芬，婆娑弄影。红暾在林，曲槛寒侵。一庭晓色，满地^①清阴。青浮屋角，绿映窗心。扇晨飙兮袅袅，蒙宿雾兮沉沉。似疏还密，疑浅又深。

落落孤标，亭亭卓午。红罩砌而潜移，黛压栏而频舞。软倩风扶，隙将云补。翠漾重帘，香熏半圃。比淡故人，含情终古。千点万点，石边水边。斜阳半抹，薄暝遥连。传神淡淡，写韵翩翩。浓难着画，淡只如烟。是空是色，疑梦疑仙。采东篱兮处处，望白衣兮年年。

数椽小筑，半亩荒园。虫声在户，月影当门。墙边零落，天下黄昏。印苔有迹，拂袖无痕。怅伊人之独处，羌默默以无言。于是插铜瓶，供玉案。扫榻安排，挑灯把玩。光乍有而疑无，色欲连而仍断。邃宇苍凉，幽葩烂漫。雨细风斜，茶初酒半。托嘉卉以裁篇，寄芳情而染翰。

海日照三神山赋（以题为韵）

则当蹑崆峒，跻崔崴。陟日观以晨晞，伫天坛而晓待。万巘腾辉，九闉焕采。礐石影沙，扬珠吐琲。亦足以豁眼苍茫，抒怀魂磊。而未若神山巉崿，矗画障于青霄；旭日瞳昽，闪精铓于碧海。

<hr>

① "地"原为"池"，疑误，据文意和字之平仄改。

　　缥缈瀛洲，神仙之室。方丈蓬莱，连而为一。危如覆壶，峭如卓笔。鳌戴石而嶅岈，蜃结楼以靓密。指尺五分穹窿，亘千寻兮崔崒。仙舟引去，飘飘两袖清风；华盖捧来，皎皎一轮红日。

　　方夫万景韬辉，群阴敛曜。烟暝遥岑，月沉远峤。鼋烛藏疄，鲸灯罢爔。抱珠而老蚌犹眠，伏羽而天鸡未叫。夜静天寒，峰回路峭。万里之烟痕尽扫，止水无波；群真之梦境方酣，残星尚照。

　　俄而林蒸红伞，岸涌赤昙。瑛丸启匣，火镜开函。乍浴波而半吐，旋笼树而全涵。瑰岩紫射，贝岫朱含。遥而瞻之，烂若祥虹之生华渚；徐而视之，靓如丹凤之集晴岚。楼台春丽，岛屿晴酣。气煜鳌头之六，光连乌足之三。

　　非金非碧，疑幻疑真。城如不夜，树尽恒春。霞驰骥辔，电闪乌轮。贝阙凌烟以煜爟，虹梁架渚以璘彬。五光十色，俪宝骈珍。瞻来第一峰头，河山爥朗；照彻大千世界，鱼鸟精神。

　　则有乘鸾法侣，跨鲤清班。逍遥乎紫阙，流玩乎绛关。天门敞以诛荡，仙仗纷其斓斑。翩翩鹤氅，杳杳螺鬟。十枝灿若木之花，熙天耀日；万顷走牢兰之水，包野控山。

　　我皇上离照重明，乾纲四布。怀柔德遍，群重译以来朝；怙冒恩深，景再中而永驻。士有芸署萤声，蓬山得路。倾葵藿而光依，仰榑桑而影附。九重日朗，常怀献曝之忱；

万福山增，愿诵凌云之赋。

耕织图赋谨序（以"敦俗劝农商"为韵）

臣谨按：宋楼璹为於潜令，绘耕织图以进，史载其事，以为臣箴其君者法。钦惟我圣祖仁皇帝，勤恤民隐，绘《耕织图》各二十三幅。又增以祭神、成衣二图。每幅系之以诗，其惓惓至意，固非由臣工之吁请。臣恭绎斯图，而为之赋。

曰：於皇圣祖，嘉惠元元。谓衣食为生民之本，农桑乃立政之原。问夜垂裳之殿，巡春知稼之轩。丰泽园中，稻畦涨润；澄怀堂外，桑径阴繁。然犹恐稍安宫寝，暂忽田园。爰挥毫而虑远，俾触目而思存。丹青一色，烟雨千村。合廿四幅之描摹，深情宛肖；周亿万方之作诺，美俗能敦。

尔其为耕图也，麏畯遥连，鳞塍远属。春水雷畊，夏畦月斸。挥锄日午，呼来两岸清风；荷末烟晨，照彻半林红旭。卧桔槔于埠口，芳草横青；栖碌碡于场边，垂杨映绿。镰腰野叟，穿云影之空蒙；笛撅牧童，间歌声而断续。盖自浸种以至祭神，恍然如见田家之风俗。

其为织图也，马首神祈，龙睛种献。墙围棘深，陌采桑嫩。斜分梯影，度落日之迟迟；静送机声，达长宵之曼曼。鲜明染彩，缁五缍三；奇巧攀花，丝千缕万。用作山龙藻火，缛彩辉煌；以为黼黻文章，深情缱绻。盖自浴蚕以至成衣殷然，如聆深闺之论劝。

仰见我仁皇，奎章炳焕，宸藻和雍。拂桃笺而翠软，和兰麝而香浓。雨笠烟簑，苍茫万状；纬车经架，掩映千重。郁郁桑麻，岸上之田庐宛接；熙熙士女，陇头之笑语如逢。既增辉于几席，宜勒美于鼎钟。是以列祖列宗，莫不无逸作所，而拳拳乎先蚕与先农。

皇上钦承世德，益迪前光。仰祖功而弥忾，念民隐而如伤。九谷之生既裕，八蚕之种宜详。偶歉则蠲除罔惜，偏灾则赈恤不遑。庆洽有年，处处琼粢玉粒；情殷同巷，家家凤锦鸾章。小臣谨拜手稽首而颂曰：

钦惟我后兮，德迈陶唐。敦崇本计兮，夙夜匪康。粒我烝民兮，衣被万方。愿亿万年守此图于勿替兮，永重农桑。

香山阅武赋（以“杨柳共春旗一色”为韵）

於铄哉！我皇上之御宇也，咸五帝，迈三王，临九寓，控八方。既揆文以化洽，兼奋武而威扬。鼓鼙警众，盘马开场。斗转苍龙，景丽芳郊之色；铙吹朱鹭，烟澄远塞之光。柳拂旗而拥翠，花迎佩以飞香。七萃腾欢，直轶车攻于甫草；六飞校武，还殊羽猎于长杨。

倬彼香山，夙称仙薮。迤逦岑峦，陂陀冈阜。雾瀜山腰，烟霏洞口。西涵碧以营斋，东来青而启牖。璎珞岩营乎其前，蟾蜍石居乎其后。岭堪栖月，翠绕岫而螺旋；亭可啸云，响飞泉而龙吼。廿八景灵山独辟，道荫长松；六百人劲旅同躯，营屯细柳。

尔其凤辇时行，鹓班景从。辔振云趋，镳驰雾纵。丰隆夹轨以容与，列缺扶轮而郑重。碉楼日丽，天清虎帐之容；卤簿风清，人尽兔罝之用。旗错隼以璘斌，旃交龙而错综。捧来雉羽，千山之环拱如迎；飞过鸾舆，万骑之欢呼相共。

由是停葆盖，肃钩陈。鸣玉铎，振金镎。八觚之殳并列，半段之枪咸陈。三尺淬锋，青吐珠韬之焰；五花控勒，红惊绮陌之尘。雷车轰石，雪铠翻银。时雨洒来洗甲，而天河不夜；宿氛净处指戈，而寰海皆春。

若乃便儇之众，儒狡之师。列刃钻铦以斗捷，寻橦超毂以呈奇。若抗若坠，倏合倏离。徐则鱼颁鸟颉，疾则电掣风驰。惊九转之连环，雪花飞舞；蓺千行之列炬，火树纷披。雕弧弯而月满，铁竿控而星移。风前之鹅鹳传声，纷纷鼓角；云里之虹蛇幻影，闪闪旌旗。

已而礼仪成，军令毕。振旅弢弓，班师按律。藁街昼静，依六御之銮铃；桃塞春融，靖三关之竿篥。圣武布昭，皇泽洋溢。内府之钱颁来，大官之膳赐出。八门忭舞，森画戟兮双双；十部肃清，囊彤弓兮一一。

然后转跸西山，回銮北极。优游乎礼乐之园，驰骋乎诗书之域。舞干羽于两阶，靖戈铤于万国。衢歌巷舞，跻宣室以延厘；毁镝销锋，偃灵台而崇德。从此尧廷端拱，衣裳照日月之辉；会看禹甸巡方，旌旆壮风云之色。

鹰儿洞记

诰敕山西十里许，有官渡坪，四面皆山。其叠嶂层峦，蜂拥而起，望之蔚然深秀，早识其中有佳胜处矣。及登高陟巘，怪石林立，诘屈谽谺。已而翘首崖上，砑然天开，而石洞在焉。盖山势㞞巖而偏覆，如饥鹰侧翅状，故因以得名与。

洞口高数尺许，磬折而入，豁然轩敞。中宽平若堂，可容数百人。命乡导持炬前行，见有大石累累，自顶下垂至地，长十余丈，如俗所谓玉柱擎天者，不一其数。又石乳下流，结像成形，如缀旒，如攒戟，如琅玕节，如玳瑁簪，如倒银瓶，如垂冰箸，玲珑诡丽，莫可名状。

再进，稍东行，两石屹立如门。有水一湫，深三四寸，清冽莹澈，不涸不溢。过去数武，仍平广如砥，可容数十人。近左有炀灶一具，土人指以告余曰：此仙人炼丹所也。真耶？幻耶？不可得而知也。

再进则石级嶙峋，层累而上，其高若台。四围石壁乳结，顶圆如盖。交奥幽闳，宛然密室也。

最后开一小窦，稍大，如米箕。匍伏蛇行而入，但觉阴气四逼，炬火无光，莫敢再前。闻之里人，尚四五里，可通三阳坪。事非目见，亦乌能臆其有无乎？

山右犹有二洞，亦可观。游人以畏险难，不欲往。安得与好奇者，执庭燎，裹数日粮，穷其幽邃耶？

嗟夫！海宇之内，通都大邑，凡佳山胜水，莫不有文人墨客形迹咏歌，登诸记载，以传述于无穷。独此穷乡僻壤，纵极灵奇，亦只与凄风苦雨相摩厉于幽遐荒渺之所。而其名卒不传，岂造物故自秘，惜以有待与？于以叹世之伟人畸士，岩栖谷处，蒙晦掩抑于尘垢中而湮没无闻者，又曷可胜道哉？

题王牧庄诗序

前人之论诗详矣。大抵近骚者诗高，近文者诗卑。固由风气使然，亦其志趣各殊耳。牧庄夙性由天，英襟命世，挟其纵横跌宕[①]之才，以雄视乎当世，必无有挫其锋者。乃

---

① 宕，底本为"岩"，当为"宕"之误。

不屑规规于时文，而坎坷抑郁，深恶积愤，一皆于诗发之。昔欧阳氏谓诗以穷而后工，穷岂必独在贫贱哉。

夫诗，莫盛于唐，唐之诗莫盛于少陵。少陵抱忧国之怀，筹时之略，而又洊逢乱离，故其见诸诗者，多悲凉激壮之语，足令千载下英雄堕泪，烈士拊膺。此甫之所以卓绝古今而继美风骚也。

牧庄诗仅数十首耳，其游览山川，流连风景，以及送行怀古诸作，情往兴来，寄托深厚，别有一种风格。独其《甲寅秋日和友人》三十首，按切时事，以诗当记传，字字刻深，语语沉痛，非吟风弄月，率尔操觚比也。各首回合一气，风骨高骞，为生平聚精会神之作。激昂慷慨，无限深情，读之令人感伤欲绝。当与子美《诸将》《有感》[1]数什并传，非其学识笔力俱臻绝顶，未易办此。使天假之年亦乌能测其所至耶。

戊辰夏，其嗣君鲁生贤甥，随侍其母归宁，暇日抱遗诗质余，并求序。凡检存若干首，惜全集半毁于火，谨就所存者编定以著其概。鲁生贤而有文，克自数立以光大其前徽，而显扬继述之道，盖不仅此矣。勉旃。

同治己巳九秋，仙峤氏黄士瀛题于四樟庄。

---

① 唐杜甫有《诸将五首》《有感五首》等组诗。

题孙汉津注解《朱子家训》序

癸丑甲寅之岁，余时居官垱河万柳庄，得晤孙子汉津，见其慎默寡言，知为诚笃君子矣。暇日出《朱子家训案》一册，嘱余为序，余诺之而未果也。

壬戌秋，复以是书见贻，并索序益力。余受而观之，乃知其尊人在京，先生学问淹粹，训有义方，常举以示教。

孙子承其家学，开讲席于岳龙山麓，课读之余，手辑是书。博采旁搜，凡古今事迹，其可以裨风化、广见闻、识废兴、资劝戒者，靡不援古证今，分注于各条之下，间出己意，以抒议论，俾阅者触目警心，有所感发惩创，而不能自已，诚救时之针砭、疗俗之药石也。

夫四子六经何？莫非圣贤训世之书，特其深文奥义，有非浅见所及窥者。下此，百家之书汗牛充栋，自周秦而后，士习日纷，人事日众，骇于听荧者不胜夥矣。故夫历史、方言、丛书、小说，体不出于兰台，多且溢于稗海，亦足识时遗事，为好古搜奇者所不可阙。然皆无当于日用，未若兹书之有益于身心也。譬如布帛菽粟，虽非文绣膏粱之比，至于御寒止饥，则人人未可少也。岂得以浅近忽之哉？若其考证旧闻，间涉杳冥，未能尽绳以史传。其大旨主于阐明因果，以昭法戒，抑亦神道设教之微意欤。凡有齐家之责者，宜各购求一编，置之座右，庶朝夕省览，身体而力行之。父以诏其子，兄以勉其弟，俾薄海内外家喻户晓，风俗蒸蒸日上。太和翔洽，庶几乎三代之隆轨也，独家训云乎哉。

是为序。

穷团纪事

首逆彭升科，纠集无赖，倡为扶贫抑富之说。初号穷团，改名忠义团。勾结湖南土匪陈正卯等啸聚作乱，附者日众。遂占据普安寺、三圣庙、求雨冈等处，势甚猖獗。因纸厂河团练捆送匪首李传位、余曰秀解县，彭逆率众寻仇，焚劫沈贡生家，沿途烧杀，火光烛天。县尹学少香，协同委员钟朗亭来磨市堵剿，调集团众数千，不即派遣。延至日午，贼信愈逼，众遂鼓噪。余见势急，用好言劝谕乃止。随同各团首导勇出人和场。赖有城守谢思周策马当先，率众星夜前进。适澧州陈刺史督带兵勇，驻防盐井、张家场，相为接应。松邑南团杨明海亦攻破贼局三圣庙，迎剿至街河子，与北团会合，并力攻击。团众获解贼目刘熙然、张纸匠等十余人，遂乘势攻破高学屋，又追剿余贼于八角祠，犁毁巢穴，剿灭净尽，惟逆首彭升科未获。是役也，不烦一兵，不折一矢，仅及五日，闾阎得以安堵。

斯时，郡尊陆翼之犹驻兵江干，畏缩不前。迨事已平定，始到磨盘洲陡山寺匆匆一宿而去，并不筹及善后事宜。谢副戎有功不赏，各练丁等亦未略加抚慰。人心解体，识者忧之。

拟修族谱旧序

从来礼莫大于叙伦，谊莫先于敦本，则睦族尚矣。生乎世者，莫不有祖；有祖者，莫不有族。使有族之人皆知相亲相爱，有以维持于勿替者，惟谱系之法为可耳。余尝有志于斯，谓非谱无以联族人之心，窃欲与族人共行之。德不敏而力不逮，盖久而未之试也。

吾族在明季，自江西南昌府之大栗树乡来迁，由始祖迄今凡十四叶，皆有支派可考，有名字可稽，今派名行且尽矣，族众而不复辑之。吾惧其岁久而无征也，将安所取信乎。夫人之有本也，犹水之有源也。河来积石，乃西出东归。江导岷山，且支分而派别。因端竟委，虽远在千里，无难按名而稽。余谓谱之有派，名亦犹是也。然则派名者，世系所由分，尊卑所由定；谱牒虽不可猝成，班序要不可以稍紊。

今余谨拟就二十四派，用以承先启后，以似以续，勿令断绝可也。而或者愿请益之。余曰，是，固有待也。且吾祖取派名，谨十数字而止。吾又笃，敢过之？吾族世称忠厚，苟后世子孙能善其世，绳绳继继，将递衍以至于无穷，又焉可以世量哉？是为之序。

咸丰十年春三月清明日，前翰林院编修，滇、蜀观察使者，云南迤南兵备道，四川永盐道调任四川盐茶道九世孙士瀛谨志。

附支派二十四字：

士文永绍万代，中直可存一心，修德乃延家庆，象贤斯受国恩。

（补录于民国三十二年刊刻松滋南海《黄氏族谱》）

罗氏谱序

盖闻尊祖、敬宗、收族，其大端有二：一曰修祠，二曰修谱。祠不修则无以安先灵，谱不修则无以别世系。此固仁人孝子所当循次□□□。

吾邑罗氏，系出江右。□□□□□裔也。始祖栋公籍江陵，三世亨宗公流寓公安。至四世大龄、开龄、鸿龄公兄弟，始迁松邑西市。大龄、开龄后嗣不繁。鸿龄公有丈夫子四人，两入成均，一游泮宫，子孙始见繁衍。然当嘉庆初年，甫数家耳。而阊如公遂慨然于先灵之无以妥也，爰于庚午冬，约胞兄弟光曙、传一、徽典，从弟辉鼎、德清，创建祖祠，功成。后念享祀无资，则又各捐田以赡之。其仁孝之念洵可风矣。

今阊如公嗣君非闻兄，复踵先□，约同宗创修谱牒，可不谓孝子□后复生孝子乎？夫天下事莫为之前，虽美弗彰。以恒情论之，数家可无祠，而阊如公必为创于始。十余家可无谱，而非闻兄必为开于先。似亦可已而不已者。然非及是时而图之，后此支分派别，欲修祠则意见各出，欲修谱则议论蜂起，则是父是子之所为先事而筹划者，其识见固迥不侔也。而同宗之勠力同心，亦大异于各参己见者矣。罗氏子孙其仁孝若此，吾知异日掇巍科、列膴仕，或如西玉□□之桥梓联登；或如秀川马冻之手足同榜，当有媲美于卢陵诸巨族者。岂徒观经采茅之继起有人哉？因其谱成，弁数语于简端，用以为将来昌炽之谶。

道光十八年戊戌岁孟夏月吉日。

赐进士出身，翰林院检讨特授云南府，年家眷弟黄士瀛拜撰。

（补录于清光绪廿三年刊刻松滋西斋《罗氏宗谱》）

附录

黄仙峤公传

黄公士瀛，字仙峤，少负异才，从蒋太史游，甚器之。道光辛巳举于乡，癸未成进士。选庶常散馆，授编修。分教庶吉士，多所成就。甲午京察一等，出守昭通。昭通附郭多旷地，延袤数十里。士瀛捐资募垦，成腴田数百顷。引龙洞闸水灌之，民获其利。复课以蚕桑，严禁溺女，政教大行。逾年调首郡，民阻道攀留不绝。

首郡为刑名总汇，当有大狱以苞苴请，士瀛峻拒之，卒为平反。

戊戌升迤南道，临洱范令履亩升科颇溢额，乡民蚁聚数万哗于市。总兵官与守令皆失措，士瀛召首事者晓以利害，饬令减其赋，众遂散。

盐井有漏规六万余金，久为灶户累，士瀛痛加裁革，而课倍于前。

滇苦多瘴，道殣相望，施�瘗之。以内艰去官。

服阕，权四川盐茶道。勾稽综核，奸弊一清。旋补永宁道。凡部民赴诉者，必亲提研鞫，如在首郡时。

壬子，以外艰归，不复出。

甲寅，粤贼入楚境，与乡人画团练之策。

丙辰，土寇啸聚八角塘，势张甚，士瀛率团勇直扑其巢，歼馘殆尽，闾里以安。时曾文正督师江表，耳士瀛名，遗书招之往，不报。

松邑向无宾兴，每逢乡、会试，寒士艰于资斧，应者寥寥。道光壬辰，士瀛捐俸千缗为倡，同里刘、谢两观察各捐千缗，城乡好义者亦各量力捐助，置买韩家冲民田二十一石八斗，又木天河民田一十三石五斗。咸丰丙辰，南乡谋逆剿灭后，清出逆产，士瀛请知府唐际盛归入宾兴。通详立案，乡试各给费十余缗，会试各给费五十缗。拔优贡入都朝考，各给费三十缗。

士瀛性孝友，每逢忌日必泣奠。禄俸所余，增置田产，与两弟均之。有妹适张氏，苦节，为买田宅及殁恤其孤。外家乏嗣亦为立后。

初，赴公车有同年生金某，病于客【舍】，士瀛躬亲医药，身后经纪其丧，人咸谊之。其他善行不具述。

老不废学。远近士夫以诗文来质，辄尽言，求碑志者奔辏于门。

癸酉重游泮水，诗详纪文。甲戌八十自述诗十章，已刻送人。著有《侪鹤轩诗集》若干卷，待梓。卒年八十一。子四，文樑官随州学正，文桐官龙阳知县，余皆以诗书世其家。

　　诰封朝议大夫广西巡抚部院馆晚生望江倪文蔚谨撰。

黄仙峤公行述

先大夫生而颖异，甫六龄，从先大父读，即自攻苦，终日不少休。先曾祖兰陔公钟爱之，常告家人曰：异日大我门闾者，必此子也。

时竟陵蒋丹林先生主讲荆南书院，先大夫从之游，一见奇之。每试辄冠其曹。辛巳恩科举于乡，壬午赴礼闱，报罢留京邸，键户自励，淹贯经史，未用仆从。敝衣布履，宴如也。

有同年金某病客舍，先大夫奉汤药无倦容。迨捐馆，殡殓之资卒无措，先大夫饮助不稍靳，且亲为殓襚。

癸未成进士，授翰林院编修。旋充教习庶吉士，得士称盛。若彭昧之侍郎、宋小墅方伯，俱出门下。

甲午，得京察一等，放云南昭通府知府。甫下车，剖决如流，案无宿牍。城外多旷地，袤延数十里，亟捐资令民开垦，成田数百顷。上有龙洞闸，泉水斋澄，亲诣开沟设闸，旱则抽闸灌溉之，岁获有秋，为民永利。民不知树植，教以种桑饲蚕之法。又禁民溺女，作溺女歌数则，全活无算。甫两载，治声卓然。上官念其贤，调擢首郡。就道时，民扶老携幼，焚香酌酒，逾境不绝。凡值府试，悉心校阅，所拔士，多发于时。如现任汉阳府严公湘生、署湖南攸县唐公夔友。此外，登贤书捷南宫者不乏人。有大狱以厚贿请，事不可得。先大夫廉，得其情，悉平反之，人颂神明。

戊戌冬，升迤南道，有临洱范令计亩升科，倍增于前，民苦追索，蚁聚数万噪于市，总镇某与守令皆缩栗失所措，先大夫神气闲定，呼首事数人，晓之。饬范令宽其赋，须臾散解出郭，百姓大悦。

滇夃多瘴气，道殣相接，先大夫倡义施棺木令掩埋之。旧有上下两盐井产盐矿，漏规六万有奇，井民屡经剥削，力颇不支。先大夫履任，将漏规裁抑之，概不取。自是，盐课踊跃倍于昔。商民供长生牌，每逢岁时及生辰祀焉。

未几，丁祖母程恭人忧旋里。先大夫与两叔祖合爨而饎，田仅数十亩，所获不赡终岁之资。以先大夫宦滇俸余所积，置产业均分焉，里间称之。服阕，分发四川署理盐茶道。

盐务积弊，辗转相承，先大夫悉心勾稽款目且清。向来盐道卸事时，减价销引，谓之放炮，官可获数万金，先大夫不为之动。旋补永宁道。有上控者辄准亲提。先时必详观案牍，默坐沉思，甚至废饮食或夜以继日。奸宄靡不敛迹，境内帖然。恭谨事大吏，不随意旨为俯仰。诸所除苛解娆，有便于民者，一破崖岸为之。

咸丰二年正月，忽接祖金庵公讣音，先大夫一恸而绝，久始醒，哀毁骨立。三月匍匐归里。

甲寅，粤贼蔓入楚境，先大夫议兴团练，立条教部署守御。无事各立田作，有警则一呼而集。

丙辰六月，土寇啸聚，群丑持伪帜，据八角池塘，为负隅计，四出侵掠，势张甚。里人大恐，群然若鸟兽散，先大夫集团练以相保。邑令学某闻警，驰至磨市，各团已毕集，迫学令同往，学令彷徨顾虑。各乡团鼓噪，瓦砾交加。先大夫奋身麾众，引诸团出街口，温语拊循之。诸团直捣其巢，歼灭殆尽，井里晏然安堵。

时曾文正公拥旄笞兵，四方才俊皆奔辕，多缘是猎取阶资。羽檄至家，约先大夫共济时艰，先大夫无意仕进，谓壮不如人，今老矣，犹奔走形势奚为者？遂终不出山。远近学者，或袖诗文求改定，先大夫称奇析疑，随其诣之浅深奖掖之。

松邑向无宾兴，先大夫自滇奉讳归，时首出钱一千缗，并往劝刘、谢两观察各捐钱一千，购田若干亩以为有力者率，宾兴由此昉焉。嗣因教匪殄灭，有逆产数百亩，先大夫请唐太守，详请归入宾兴，而宾兴遂有南北之分。自是，应比诸士各领钱十有余串，皆先大夫之所经画者也。

癸酉岁重游泮水，同门公赠匾额，先大夫赋诗四章以纪之。甲戌，以弟文桐官湖南，就养赴湘。适曾文正祠落成，其弟澄侯仿香山洛社故事，选高年耆宿、负时望有文行者九人为耆英会，先大夫与焉，并图形壁间，各赋诗以志其事。

吾乡地滨洿湿，为众水所汇趋。自庚申年荡绝捍堤，潦递为灾，田园尽被淹没。庚午六月，朱市堤又溃，房屋倾倒，罹害尤剧，厥后叠遭水患。先大夫率家人等屡迁移至山庄暂避水灾，几经险阻艰难之苦。

乙亥岁，主讲墨池书院，评骘艺文，不惮删改，并勉以植身行己之学，士皆爱重焉。

先大夫性纯孝，岁时祭祀必丰。遇先大父忌日，洁俎奠觞辄泪垂，数十年如一日。尤笃友爱，先后廉俸所入罄数归之家，秋毫弗私。两叔授田各数百租，先大夫让腴而取瘠。族中老而贫者，终岁则给以谷。悯二姑母苦节，为置田数石，宅一区。迨姑氏殁，为存恤其家。外祖无嗣，为之似续给资，以备婚嫁。岁大祲，米值翔踊，特减价以粜之。或值雪夜严寒，辄遣役携钱，出散给冻馁者，多所全活。至于村落近水之区，荒冢暴露，先大夫令掩埋枯骼不下数百冢。又施义地给贫不能鬻地者，施义渡以资利涉。

去邑城不百里，终岁足不履城市。喜看山，每当春秋佳日，辄游览簪岑翠巘间。尤爱莳花竹，有翛然物外之概。

自奉甚俭约，凡服食居室器用，不求美丽，斤斤以道自绳削。与人无町畦，无贵贱，少长一接以诚，不知世所谓机阱者。即之则雍然以和，求传记碑志以彰隐德者日相踵，悉应之。

少习举业，力追正轨。书法晚年益遒劲。喜为诗抒写性情，至老声律愈细。著有《侪鹤轩文稿》若干篇，诗集两卷待梓。卒年八十有一。

母秦恭人，淑慎温恭，尤晓大义，事无洪琐，悉处置井井。好施与，有缓急辄应之，里人多赞其贤云。

子四：长子文樑，前署随州学正，授云梦县教谕；次子文桐，前署湖南龙阳县；三子文楳，增生；四子文樑，庠生。孙永俶、永仪、永佶、永保，俱业儒。

仙峤公六十寿序

尝览香山九老之图，洛阳耆英之会。在唐则有长史刘公、御史卢公、制史张公诸人；在宋则有潞国文公、郑国富公、司马温公诸人。类皆富贵寿考，或年逾花甲，跻古稀，登耄耋，未尝不叹得天之厚，享年之永。有所以致此者，非幸获也。求之近今，不可多得，宾乃于仙翁先生见之。

先生系出高阖，未冠列黉序，籍甚士林。道光辛巳登书，癸未捷南宫，入翰苑留馆编修，斗山望重，而景星凤凰，又复先睹为快。宾幸于壬午领乡荐，中进士，侍诏都门。先生时为庶常教习，乡谊重以师谊。馆我食我，拜赐多矣。宾官游西蜀，先生出守滇南，地角天涯，亦稍契阔矣。旋以彼此衔恤回籍守制，离而复合，以孔李之通家，联朱陈之戚好。兼葭得侧玉树，亲炙之余，故得备悉梗概云。

今之六月朔二日为先生六秩览揆大庆。令弟云五、舫西两先生，敦友于之谊，晋介寿之觞，属宾以一言寿先生。

授以意曰:"兄恬静谦虚,不肯受贺。但吾二人成立,得于父者半,得于兄者亦半。兄之生平行事,铭心不忘。尤难及者,其孝行也。门内之言,门外莫间,不可不表彰之,以为家乘先。"宾受命,虽不能文,义不容辞。即平日所见所闻者,亲切言之。期于无谀辞、无遗美而已。先生孝本性成,束发受书,情殷孺慕。甫成童,见祖父诸父课读之暇,兼以课耕,读书门第不废稼穑之艰难,辄掩卷为之三叹曰:安得钟鼎侍养以释田间作苦乎?乃下帷攻书,夜以继日。因劳成疾,因疾减餐。又恐贻堂上忧,每饭不尽一箪,大半饲犬,家人无知者,善体亲心,类如此。方其春闱报罢,寄居姻家之在都者。座上客日事樗蒲,先生伏案读书于其侧,目不转睛,如是者数月。专精之至,揣摩益熟。卒得入清华之室,登著作之庭。用功深者收名远,盖非偶然者。

先生供职木天,俸米无多。力从俭约,省车马衣服之费,为鸡豚甘旨之供,心尚歉然,谓不足报罔极于万一也。出守滇之昭通,本庭训为官箴,俸入之外,非义不取。滇民不谙蚕织,教之栽桑柘,种木棉,张渔阳之桑无附枝,廉叔度之人歌五裤,何多让焉!不冤一命以邀功,即周莲溪之刑狱必慎也;不贿千金以求荐,即包孝肃之关节不通也;云南兵来,折价尚有浮额,先生莅任,减价便民,即郭细侯之河润千里也;水道阻塞,田产不无荒芜,先生度地穿渠使水,即召翁归之岁增万顷也。至其定乱仓卒,如分巡迤南所属普洱府，兵噪民变，镇戎、县令莫能制者，先生声色不动，消潜祸、萌非恩罡罡焉，恂恂焉。虽叔度之雅量，太邱之盛德，蔑由加已。呜呼，行隐德而不显，其躬称嘉述而终食其报。国爵屏贤，冥默福应，信不巫已。

癸未科进士，安徽布政使刘玉珍撰。

（补录于民国三十二年刊刻松滋南海《黄氏族谱》）